Calamités

administratives

CALAMITÉS

ADMINISTRATIVES

ET SPOLIATIONS.

« Où donc est-il cet arbitraire dont on accuse quelques
« ministres? Quel est le sujet du roi qui ait eu à en souffrir
« dans sa personne ou dans ses propriétés?...... et n'est-on
« pas heureusement réduit à l'impossibilité d'en citer un
« seul. »

*(Discours de M. le comte de Cazes à la chambre
des Pairs, le 19 janvier 1819.*

Permettre ou fusiller!

PARIS,

Chez CORRÉARD, LIBRAIRE, *au Naufrage de la Méduse,*
Palais-Royal, galerie de Bois, nº 258.

1820.

30582

IMPRIMERIE DE MADAME **JEUNEHOMME-CRÉMIÈRE,**
rue Hautefeuille, n° 20.

PRÉFACE.

En livrant à l'impression l'Exposé de mes *Calamités admi-nistratives*, je dois m'attendre à de nouvelles persécutions.

Les Tribunaux dont les portes de fer restent impitoyable-ment fermées aux voix suppliantes des victimes de l'adminis-tration, s'ouvriraient-elles avec un zèle tout à fait officieux, pour me recevoir comme accusé?

On n'oserait!...

Pourrait-on provoquer imprudemment un pareil scandale?

Exposerait-on dans un débat judiciaire les agens du pouvoir aux attaques furieuses et désespérées d'un homme ruiné par d'atroces spoliations, soutenu d'ailleurs et encouragé par l'opi-nion d'un public éclairé, toujours bon, toujours juste?

N'aurait-on pas à redouter l'éloquence de tel avocat qui ne craint point d'attaquer franchement l'arbitraire, parce qu'il respecte sincèrement les lois.

Tous les efforts de la Bureaucratie ne se briseraient-ils pas contre l'intégrité et l'honneur de notre magistrature?

En administration on se permet un crime, jamais une faute; BONE DEUS, *se compromettre! susciter une méchante affaire, à la bonne heure; et pendant la fermentation, calomnier à dire d'experts; concedo* (*).

Telle est la marche qu'on suivra : on me calomniera *pianis-*

_____

(*) Bazile, *Barbier de Séville.*

simo, puis on criera très-haut à la calomnie ; on s'efforcera de flétrir cet écrit qui n'est que l'expression de la vérité ; on le signalera comme un pamphlet infâme, parce que ne pouvant éveiller le remords chez quelques agens de l'autorité qui n'en sont plus susceptibles, il les immole au ridicule, et les couvre de honte, ce qui ne laisse pas d'être désagréables même pour des conseillers d'état.

Ensuite, *voyez calomnie*, *rinforzando*, *siffler*, *s'enfler* tonner, éclater, et me frapper enfin au milieu des délations, des informations, des interprétations, des conspirations, de persécutions, et voire de proscription.

Je suis loin de braver de pareilles rigueurs ; ce serait avouer qu'elles ont pu m'inspirer une légère crainte ; quand j'ai pour elles un sentiment tout opposé, bien profond et bien prononcé. Je puis les considérer comme un accident possible, jamais comme un obstacle ;

JUSTUS ET TENAX.

AVANT-PROPOS.

APPEL AUX CRÉANCIERS DE Sᵀ.-DOMINGUE.

Quand les actes arbitraires de l'autorité trouvent des apologistes dans la chambre des députés qui devrait nous en garantir, ou au moins les signaler; les dénoncer à l'opinion est un droit et un devoir.

Un honorable député dans un rapport fait le 18 mars 1819, sur la pétition de M. Gontier, de Paris, a dit : (*Pièces justificatives*, nᵒ. 1.)

« *La déchéance qu'ont encourue les porteurs des* « *mandats de St. Domingue, pouvait être un acte ar-* « *bitraire; mais elle n'était contraire ni aux lois de* « *la justice, ni à celles de la raison.* »

Que des agens du pouvoir assurent *qu'un acte ar-bitraire n'est contraire ni aux lois de la justice ni à celles de la raison* ; que des députés qui ont sûrement des motifs, pour demander constamment l'ordre du jour sur toutes les pétitions, approuvent une pareille doctrine, rien d'étonnant : mais la France entière pense qu'on a violé *les lois de la justice et de la raison*, en refusant le paiement des traites de St.-Domingue à des *tiers qui, de l'aveu même de l'honorable rapporteur, les avaient acceptées de bonne foi, se confiant à la loyauté du gouvernement.* Elle s'étonne que le Ministère et que les députés surtout, prétendent justifier une spoliation aussi révoltante.

Une maison de commerce qui aurait refusé le payement de lettres de change tirées par des agens envoyés et accrédités par elle, serait à la fois déshonorée et punie; l'Autorité, quelle que soit d'ailleurs l'éloquence de ses orateurs, ne pourra jamais justifier aux yeux de l'opinion qui est son juge, un acte qui rendrait des particuliers infâmes.

On a ruiné d'honnêtes créanciers; et pour étouffer leurs justes réclamations, on les calomnie jusque dans la Chambre des députés, en insinuant que *comme fournisseurs ils ont pris part aux dilapidations qui ont motivé l'annullation des mandats !*

Les agens françois à St.-Domingue étaient responsables de leur administration envers le Ministère de la marine; s'ils ont bien géré, il les calomnie, en les accusant de dilapidations; s'ils ont dilapidé, il est devenu leur complice, en ne les faisant ni rechercher, ni punir, ni regorger; toutes les fautes, tous les crimes sont ceux de l'Administration, et ce sont les créanciers qui sont calomniés et punis.

Sait-on en France quels sont, en grande partie, ces créanciers qu'on appelle *fournisseurs* ?

Sait-on comment ces prétendus fournisseurs *ont pris part aux dilapidations* ?

Connaît-on la situation affreuse dans laquelle se trouvaient les restes malheureux de l'armée de St.-Domingue, et les circonstances qui ont occasioné une augmentation énorme de dépenses que M. le rapporteur de la Commission des pétitions évalue à près de 40,000,000 fr. ?

Sait-on que pour assurer l'évacuation et le salut de l'armée, on rassembla sur la rade du Cap Français tous les navires, appartenans au commerce de France, qui se trouvaient alors dans la Colonie ?

Sait-on que c'est à cette mesure impérieusement commandée par la situation de l'armée, et dont les événemens subséquens ont démontré la nécessité, qu'on doit le salut de 12,000 français de tout état, de tout âge, de tout sexe ?

Sait-on quelles tortures ont éprouvées quelques infortunés qui s'obstinèrent à rester au Cap ?

Sait-on comment ces horribles réprésailles avaient été provoquées ?

Sait-on comment. . . . . , ... ?

Sait-on . . . (*Notes et pièces justificatives*, n° 2) ?

1.

Sait-on que plusieurs des navires retenus pour l'é-vacuation de l'armée, avaient des cargaisons riches de 5, 6, et 700,000 fr. ?

Sait-on que, pendant le blocus du Cap par les Négres par terre, et par les Anglais par mer, ces cargaisons furent mises en réquisition par l'Autorité ? *réquisitions forcées*, qu'aujourd'hui on a la mauvaise loi d'appeler des *fournitures* ! . . .

Sait-on que les circonstances étaient telles que les troupes recevaient en paiement des marchandises au lieu d'argent ? qu'une chambrée de soldats rece-vait quelquefois pour le prêt une barrique de sucre du poids de 17 à 1800 liv. dont ils avaient peine à obtenir 8 à 10 piastres, en la vendant pour acheter des vivres ?

Sait-on que le prix du biscuit s'est élevé jusqu'a 75 piastres le quintal ou 4 fr. la livre ?

Sait-on que par voie de réquisition ou d'emprunt, presque toutes les caisses des négocians furent vi-dées dans celle du Payeur de la colonie, qui don-nait en paiement des traites sur France ?

Sait-on que l'un d'eux (*M. Feidon*, de Marseille) a été fusillé, parce qu'il n'a pu verser dans le délai de 24 heures, 33,000 fr. pour sa cotisation dans un emprunt fait par l'Autorité ?

Voilà des *fournisseurs* d'une espèce bien rare et

bien nouvelle : on les a ruinés par des réquisitions ; aujourd'hui on les calomnie, en disant *qu'ils ont pris part aux dilapidations* ?

Administrateurs égoïstes, le salut de 12,000 français n'est-il donc rien à vos yeux !

Froids contempteurs d'une nation généreuse, n'êtes-vous appelés à l'administrer, que pour mettre en œuvre la *matière imposable* !

Que le sort de quelques milliers de français, indignement dépouillés, que leur généreux dévouement, que des services rendus à la patrie et à l'humanité ne vous inspirent aucun intérêt, cela se conçoit ; mais ce qu'on ne peut concevoir, c'est que vous osiez les calomnier (*Notes et pièces justificatives*, n° 3).

« *Il résulte des renseignemens qu'a* DAIGNÉ *fournir*
« *S. E. le Ministre de la marine, à la Commission*
« (on reconnaît ici, que c'est M. le député-rap-
« porteur qui parle), *qu'on avilit la valeur des traites*
« *à force d'en émettre ; qu'on en jeta dans le mois*
« *pour* 41,000,000 *fr. dans le commerce, quoique le*
« *crédit ouvert ne fût que de* 2,000,000 *francs par*
« *mois.*

Si les Agens du gouvernement ont outrepassé le crédit ouvert, eux seuls en étaient responsables et non les *Fournisseurs* ; encore moins les *tiers porteurs* de traites qui les avaient reçues en paiement ou achetées à la bourse, comme on achète les Bons du Trésor ou les rentes sur l'État. Ce sont cependant ces derniers qu'on ruine, et les agens, seuls coupables des dilapidations qui auraient eu lieu, peuvent en jouir paisiblement.

L'admirable chose que la justice administrative!...

M. le rapporteur continue . « *Le gouvernement en fut effrayé; il les annulla.* »

Rien en effet de plus naturel et de plus juste; *il les annulla !* on peut demain avec autant de loyauté, pour peu qu'on soit effrayé de la masse de notre dette, *annuller* les rentes sur l'État.

« *Il les annulla et soumit les créances qu'elles re-* » *présentaient à une liquidation qui fut réellement* » *faite; il se trouva une différence de 25,000,000 fr.* » *entre la valeur nominale des traites et le montant de* » *cette liquidation.* »

Cette *différence ou réduction de* 25,000,000 fr. serait une spoliation réelle, si elle pouvait être définitive, envers les *tiers porteurs* des traites qui ne sont point les *fournisseurs*, et qui n'ont aucun recours sur eux.

Quant à *la liquidation qui*, suivant M. le rapporteur, *fut réellement faite*, elle eut lieu en l'absence et à l'insu des parties; et on verra dans l'exposé de mes *Calamités administratives* comment on a opéré; on y verra le Ministère de la Marine, in-

téressé à étouffer les réclamations relatives à cette
désastreuse expédition, isoler la Commission du
Conseil d'état chargée de cette liquidation, et repousser tous les réclamans; on verra cette Commission, délibérant en secret, d'après des instructions
perfides, des interprétations absurdes et des *documens*
faux; privée souvent et à dessein par les Bureaux
de la Marine des pièces les plus importantes et les
plus décisives; on verra cette Commission rejeter
sur la proposition des Bureaux, par un seul arrêté,
une foule de réclamations dont quelques-unes portent
avec elles la preuve qu'elle n'a pu les examiner;
enfin, pour préciser des faits, on verra les Bureaux
proposer à la Commission de retenir 70,000 fr. pour
une prétendue avarie évaluée 600 fr. à Saint-Domingue; on verra cette Commission rejeter par
quiproquo une réclamation de 160,000 fr. pour un
navire *américain* qu'elle a cru *français!* Alors on
pourra se former une idée de l'équité avec laquelle
cette liquidation a été réellement faite.

« *Cette mesure pouvait froisser des intérêts parti-*
culiers, mais elle était dictée par les circonstances.
(M. le Député-rapporteur raisonne absolument
comme un Conseiller d'état.) » *Elle a pris aujour-*
d'hui le caractère de l'irrévocabilité. »

NON!

Les créanciers d'une somme de 25,000,000 fr. ne
peuvent croire que l'État est libéré envers eux,

parce qu'un Commis s'est permis de bâtonner des traites présentées à sa vérification, en disant *annullé ; c'est une affaire terminée.* On doit aux parties copie des décisions qui les intéressent, et dont on leur a constamment et arbitrairement refusé connaissance; ils ont droit d'en appeler, parce que cette mesure ne peut avoir pris *le caractère d'irrévocabilité*, comme M. le rapporteur l'assure avec plus d'abandon que de candeur.

L'art. 40 du décret du 22 juillet 1806 porte textuellement : « *Lorsqu'une partie se croira lésée dans* » *ses droits ou sa propriété par l'effet d'une décision* » *de notre Conseil d'état, rendue en matière non con* » *tentieuse,* (c'est-à-dire par un autre Comité que » celui du Contentieux,) *elle pourra nous présenter* » *requête pour, sur le rapport qui nous en sera fait,* » *être l'affaire renvoyée s'il y a lieu, soit à une section* » *du Conseil d'état, soit à une Commission.* »

De jeunes Maîtres des Requêtes gâtés par leurs études administratives, de vieux Conseillers d'état endurcis par leurs habitudes, se cramponnent bien vite à la lettre du décret pour en étouffer l'esprit, et disent : L'art. 40 de ce décret peut offrir un recours en révision pour les décisions du Conseil d'état, mais il ne s'explique pas pour celles des Commissions prises dans son sein; donc les décisions de la Commission des créances de Saint-Domingue (composée d'un Conseiller d'état et de quatre maîtres des requêtes ou auditeurs) ont un *caractère d'irrévo-cabilité* que celles du Conseil d'état ne peuvent avoir.

Puissamment raisonné! C'est monseigneur le Garde des sceaux (M. Pasquier,) qui va leur répondre ; à propos d'une décision *non du Conseil d'état, mais d'une Commission du Conseil d'état,* il a dit le 24 avril 1818, à la tribune de la chambre des Députés : « *Comme il n'y a rien eu de contradictoire dans cette* » *instruction, le réglement du Conseil est formel sur* » *ce point ; la partie qui se croit lésée peut se pourvoir* » *par la voie du Comité contentieux du conseil d'état :* » *là, l'instruction se fera contradictoirement.* » (*Pièces justificatives, n° 4.*)

Il est donc prouvé que les décisions de la Commission du Conseil d'état qui a prononcé sur les créances de Saint-Domingue, n'ayant point été, aux termes du Réglement, précédées d'une instruction contradictoire, n'ont point *le caractère d'irrévoca-bilité ;* pour qu'elles eussent acquis ce caractère, il eût fallu, non-seulement qu'une instruction contradictoire eût été faite par le Comité du contentieux, ainsi que le prescrit le *réglement formel* cité par Mgr. le garde des sceaux ; mais que, sur le rapport de ce Comité, la déchéance eût été prononcée par un arrêt du Conseil d'état ; et enfin que cet arrêt eût été revêtu de la *sanction* du Prince qui pouvait seul lui donner une force exécutoire, et *le caractère d'irré-vocabilité.*

Or, les décisions relatives aux créances de Saint-Domingue n'offrent rien de pareil; mais voici la vérité ! voici l'obstacle, et l'obstacle unique ! Le Ministère de la marine s'oppose à la révision, parce qu'il en résulterait *de graves et ruineuses conséquences.* (*Notes et pièces justificatives*, n° 33.)

Quand le Ministère de la marine est réduit à faire de pareils aveux au Conseil d'état, cela ne prouve pas du tout que les décisions dont il ne veut pas permettre la révision, soient justes et irrévocables; cela prouve qu'il y a des iniquités qu'on veut ensevelir, des choses qu'on espère tenir secrètes et que......

Les créanciers de Saint-Domingue doivent se réunir pour repousser les calomnies de leurs spoliateurs, pour exiger copie des décisions qui les intéressent, et pour réclamer enfin une révision que les lois et le *réglement formel* cité par M. le garde des sceaux leur garantissent, et qu'on ne peut leur refuser.

Existe-t-il une loi, une ordonnance, ou un arrêt qui aient prononcé la *déchéance* qu'on oppose aux créanciers ?

NON... Des créanciers de Saint-Domingue ont déposé les titres de leurs créances en temps utile :

On a prononcé sur leurs réclamations à leur insu, sans instruction contradictoire :

Des Commis leur *ont dit* (car le Ministère de la marine n'aime point à répondre par écrit sur ces matières,) que leurs réclamations étaient *rejetées* ; et ils leur ont constamment refusé communication et copie des décisions qui les intéressaient :

La Commission qui a prononcé ces décisions, n'a pu prononcer définitivement d'après le Réglement du Conseil d'état :

Ces décisions n'ont point été soumises au conseil d'état, ni confirmées par un arrêt :

Elles n'ont point reçu la sanction du Prince qui seul pouvait les rendre exécutoires.

Aujourd'hui par interprétation du décret du 11 juillet 1811, il n'én existe point d'autre (*pièces justificatives n° 5*). qui prononce la déchéance contre les porteurs des titres de créance de Saint-Domingue *qui n'en auront pas fait le dépôt au Secrétariat de la marine, dans le délai de deux mois*, on répond aux créanciers qui ont déposé leurs titres *en temps utile*, sur lesquels la Commission *qui ne les a point entendus contradictoirement, n'a pu prononcer dé-*

finitivement, qu'ils ont encouru la *déchéance* et qu'elle a pris le *caractère d'irrévocabilité ! ! !*

C'est abuser étrangement du système interprétatif et de la position des créanciers.

Que le ministère fasse enfin connaître ces *décisions invisibles* d'une *Commission invisible*, nommée par un *décret invisible*, et qu'on appelle *définitives, parce que tel est le bon plaisir* d'un Ministère ?

Qu'entend ce Ministère par ces *graves conséquences* de son invention, qu'il prétend appuyer sur la raison d'état, pour soutenir un échafaudage monstrueux d'*actes arbitraires* que quelques députés approuvent, parce que ces *actes arbitraires ne sont contraires ni aux lois de leur justice ni à celles de leur raison ?*

Quoi! une Commission composée de cinq membres, dont deux auditeurs qui pouvaient (je le veux croire) être fort capables, et savoir passablement l'orthographe, a pu prononcer sur 60,000,000 fr. de créances !

Elle aurait pu *annuller* pour 25,000,000 francs de mandats de Saint-Domingue, dans les mains des tiers porteurs !

Elle aurait pu *rejeter* pour une somme au moins

égale de créances non liquidées, quoique bien légitimement dues !

Elle aurait pû décider à l'insu des parties, d'après des documens faux, fournis par le Ministère de la marine (les *Calamités administratives* en donneront la preuve); et personne ne serait admis à réclamer!...

Ses décisions seraient *définitives*, malgré toutes les lois de la justice et de la raison, et même malgré le Règlement du Conseil d'état, qui ne reconnaît peut-être ni justice ni raison.

Enfin, des décisions qui n'ont été revêtues de la sanction d'aucun des gouvernemens qui se sont succédés, sanction qui pouvait seule les rendre exécutoires, recevraient aujourd'hui, *un caractère d'irrévocabilité* de la volonté d'un Ministère qui n'est pas sans peur et sans reproche, puisqu'il redoute de *graves conséquences*, et fait répéter en chœur, par ses honorables amis, *qu'un acte arbitraire n'est contraire ni aux lois de la justice ni à celles de la raison.*

Je puis bien lui *assurer* qu'un pareil refrain ne sera jamais populaire : car il n'est pas français.

Créanciers de Saint-Domingue, S. E. le garde des sceaux a tracé votre conduite :

« *Comme il n'y a rien eu de contradictoire dans*

» cette instruction, le Réglement du Conseil est formel
» sur ce point ; la partie qui se croit lésée, peut se
» pourvoir par la voie du Comité contentieux du
» Conseil d'état ; là l'instruction se fera contradictoi-
» rement. »

CALAMITÉS
ADMINISTRATIVES
ET SPOLIATIONS.

Accipe nunc Danaûm insidias et crimine ab uno
Disce omnes.

~~~~~~~~~~~

DES réclamations dans lesquelles je me trouvais intéressé comme créancier de Saint-Domingue, ont été rejetées par une Commission du Conseil d'État pendant que j'étais sous les drapeaux. A mon retour de l'armée, je me suis trouvé complétement ruiné. Réuni par la paix à mon co-intéressé, militaire comme moi, nous avons sollicité et obtenu du roi que le Comité contentieux du Conseil d'état eût à examiner s'il y avait lieu de réviser deux décisions administratives dont nous prouvions l'injustice.

Nous n'avions été ni entendus ni représentés (Cotentin, banquier à Paris, chargé de notre procuration en notre absence, ayant été assassiné, avant que ces décisions fussent rendues); et nous pensions avec les jurisconsultes et avec tous les hommes qui ne tenaient point à l'Administration, qu'une décision, un jugement ou un arrêt ne pouvaient être définitifs qu'après une instruction contradictoire.

Le Comité contentieux qui ne voit pas comme les jurisconsultes, et qui ne juge pas d'après les lois, a pensé tout différemment; et le Conseil d'état qui approuve toujours ce que propose le Comité contentieux, a tout à la fois prononcé un arrêt et donné un scandale.

Par cet arrêt rendu le 2 décembre 1816, l'une des décisions est jugée définitive et la révision refusée sans examen; l'autre est considérée comme provisoire; et le Conseil, ayant procédé à la révision et reconnu son iniquité, accorde, pour libérer l'État, le tiers à peu près de la somme légitimement due.

Il est d'usage qu'on délivre à des condamnés copie ou extrait de leurs jugemens; je crois même que les lois le veulent ainsi; j'ai en effet obtenu copie de l'arrêt du Conseil du 2 décembre 1816, mais quant aux décisions administratives attaquées par nous, il paraît convenu entre les agens du pouvoir qu'il ne nous en sera jamais donné connaissance, quoique l'une d'elles, jugée définitive par l'arrêt, nous enlève 160, 000 fr.

Depuis mon retour de Russie en 1813, j'ai sollicité sans succès, pour savoir comment ce qui était blanc aux yeux de tout le monde, pouvait être noir aux yeux des agens du pouvoir; enfin je viens de découvrir cette plaie secrète, honteuse, fétide, qu'on s'efforçait de cacher; je puis dévoiler les écarts du zèle administratif; non-seulement envers moi, mais envers une foule de malheureux qui gémissent aujourd'hui sur des ruines, et qui s'indignent comme moi de tant d'injustice et de perversité.

Je livre à l'opinion l'arrêt du Conseil d'état rendu le 2 décembre 1816 sur le rapport du Comité contentieux et j'y joins mes Observations ; on prononcera si, dans cette instruction, les membres du Comité qui a proposé le rejet de notre réclamation, et ceux du Conseil d'état qui l'a prononcé, ont mérité le respect comme juges , ou un autre sentiment comme complices d'une spoliation.

§. I.

Le Conseil d'état ne pouvait sans injustice, et sans en-freindre son Réglement , refuser la révision d'une décision prononcée sans instruction contradictoire , et pendant que nous étions sous les drapeaux , par une Commission qui, d'ailleurs, n'avait pu prononcer définitivement.

Nos réclamations étaient fondées sur des titres incontestables.

Un service éminent rendu à la patrie et à l'humanité , et notre ruine qui fut le résultat de notre dévoüement , imprimaient à cette dette un caractère sacré.

~~~~~~~~~~

ARRET,

DU CONSEIL D'ÉTAT.

Extrait du registre des délibérations , séance du 2 décembre 1816.

Louis, par la grâce de Dieu, roi de France et de Navarre,

« Sur le rapport du Comité contentieux,

« Vu la requête à nous présentée par les sieurs..., enregistrée « au secrétariat du Comité contentieux, le 25 juillet 1816, et « concluant à ce qu'il nous plaise prononcer qu'il y a lieu à « réviser *deux décisions rendues par la Commission de révé-*

2

« sion des créances de Saint-Domingue, les 15 décembre
« 1810 et 28 mars 1811; la première qui prononce le rejet
« des réclamations des sieurs...., relatives à la mise en ré-
« quisition du navire *the Two-Sisters*, capitaine *Elias Bas-*
« *com*; la seconde relative à l'affrétement du navire l'*Hector-*
« *Daure*;

  « Et statuant sur le fond par une seule et même ordon-
« nance, annuller lesdites décisions;

Nul doute qu'il n'y ait eu lieu de réviser les deux
décisions, puisque n'ayant pas été précédées d'une
instruction contradictoire, elles ne pouvaient être
définitives. (*Notes et pièces justificatives*, n° 4 et 34.)

Aucune péremption d'instance ne pouvait d'ailleurs être acquise contre les défenseurs de la patrie,
pendant leur présence sous les drapeaux. (*Pièces
justificatives*, n° 26.)

  « Quant au navire *Two-Sisters*, ordonner:
  « 1° Que les 100,000 fr, auxquels sa valeur est portée par le
« procès-verbal d'estimation du 2 frimaire an 11, soient payés
« aux requérans;

Le navire américain *The Two Sisters* pouvait, d'a-
près la capitulation du Cap, se rendre à sa destination (Charles-Town) sans molestation. (*Pièces justificatives*, n° 6.)

Sa mise en réquisition par les agens français,
pour placer à bord des soldats et des hommes attachés à l'armée, lui donnait une destination hostile,
qui devait entraîner sa capture et sa condamnation
par l'ennemi. On avait bien reconnu à Saint-Domingue que son pavillon étranger rendait la réquisition
illégale; mais on ne pouvait la révoquer, vu les circonstances critiques dans lesquelles se trouvaient le
gouvernement de Saint-Domingue et l'armée; en

conséquence, les Autorités en firent faire régulièrement *l'inventaire* et *l'estimation*, conformément aux conditions générales d'affrétement. (*Pièces justificatives, nᵒˢ 7 et 16.*)

« 2ᵒ Qu'il leur soit payé une autre somme de 40,000 francs « pour affrétement et surrestaries dudit navire ;

Le navire a été retenu pendant 67 jours par suite de la réquisition du gouvernement de Saint-Domingue ; pendant ce temps, outre la détérioration du navire et des agrès, les vivres et salaires de l'équipage ont été à la charge des armateurs ; il est incontestable u'il était dû des surrestaries ou un loyer. Le compte en est établi conformément aux conditions générales d'affrétement. (*Pièces justificatives, nᵒ 8.*)

3ᵒ Une autre somme de 20,725 francs pour les provisions « de bouche que les Autorités ont ordonné de faire, et la nour- « riture des passagers embarqués à leur bord par le gouver- « nement ;

Le compte des sommes dues pour les vivres fournis aux passagers a été établi d'après les mêmes conditions, sur les ordres de passage qui ont pu être conservés et régularisés dans le désordre d'un embarquement opéré avec la plus grande précipitation, sous la torche et sous le poignard des nègres.

La réquisition du 28 brumaire porte *l'ordre de faire l'eau et les vivres* pour les passagers. (*Pièces justificatives, nᵒ 9.*)

Le *vu-débarquer* de M. l'Inspecteur général de la Colonie, apposé sur chacun des ordres de passage reproduits, prouve que *les passagers ont effectivement reçu les vivres, et qu'il en approuve le paiement.*

2.

Quand l'Administration n'ordonne pas le paiement sur de pareilles pièces, on peut croire qu'elle n'existe que pour organiser la spoliation.

« 4° Enfin une somme de 111,032 francs, pour les dom-
« mages et intérêts qui leur sont dus ;

Les intérêts sont calculés d'après le cours du commerce, tels qu'ils eussent été réglés entre né-gocians. Pourquoi le gouvernement qui doit l'exemple de la probité, serait-il moins loyal que des particuliers ? Pourquoi, lorsqu'il force d'accepter, au pair, des valeurs qui perdent 30 et 40 pour cent, ne paierait-il pas des intérêts ?

A la justice incontestable de la réclamation des propriétaires du *Two-Sisters*, se rattachaient des considérations qui, par tous pays où il existe quel-que générosité, ou même quelque pudeur dans l'Administration, eussent mérité, au moins, un té-moignage honorable de satisfaction. Mais, qu'at-tendre d'Agens du pouvoir qui n'ont vu dans notre présence sous les drapeaux qu'un motif et une occa-sion de nous dépouiller ?

Deux navires dont j'étais en partie propriétaire, et dont j'avais l'entière disposition à St.-Domingue au moment de l'évacuation, ont soustrait à la ven-geance et aux poignards des nègres, 8 à 900 français menacés d'une mort horrible et certaine. (*Notes et pièces justificatives*, n° 10.)

Ma caisse épuisée, je me suis endetté pour nourrir environ 500 passagers dans une place affamée, où j'ai payé du biscuit jusqu'à 75 piastres (400 fr.) le quintal. L'article des vivres fournis aux passagers,

se fût élevé bien au delà des 20,725 fr. que je réclame, si dans la confusion inévitable d'un embarquement précipité, une très grande partie des ordres
de passage n'eût été perdue.

Enfin dans l'échouage du navire *The Two-Sisters*
sur les rescifs des passes du Cap, j'ai contribué de
ma personne, avec quelque succès et avec énergie,
puisqu'il faut le dire, au salut des passagers qui
couraient le danger d'être engloutis avec les débris
du navire, ou massacrés à bord par les nègres.
(*Pièces justificatives*, nº 11.)

Déjà ils nous menaçaient du rivage; ils parcou-
raient la rade sur de grandes embarcations armées,
et ils égorgèrent sous nos yeux 60 à 70 français sur
une goëlette qu'ils abordèrent. (*Notes et pièces justificatives*, nº 12.)

Je sens que le Comité contentieux du Conseil
d'état n'a pu me représenter comme ayant, en cette
occasion, bien mérité de la patrie et de l'humanité;
il s'est montré, dans l'instruction de cette affaire, trop
soumis au Ministère de la marine, pour rappeler
des faits qui eussent rendu son injustice envers moi
plus odieuse encore. A la vérité, j'ai pu contribuer
au salut d'un grand nombre de français; mais un
pareil service n'est pas de ceux qu'on soit convenu
de reconnaître. (*Notes et Pièces justificatives*, nº 13.)

A une autre époque, un Agent du pouvoir répon-
dait à une Vendéenne qui avait sauvé la vie à des
soldats républicains : « La république manque de
« pain, et elle n'a que trop de défenseurs. » Le
Conseil d'état *pense* vraisemblablement comme cet
Agent.

§. II.

Les Bureaux du Ministère de la marine ont exercé des retenues arbitraires sur des sommes légitimement dues, sans droit, sans raison, et sans en alléguer même aucuns motifs.

SUITE DE L'ARRÊT.

« Et quant au navire l'Hector-Daure, ordonner :
« 1° Qu'il leur sera restitué et payé une somme de 47,162 fr.
« 25 cent ; à eux retenue pour une avarie de chapeaux, mise
« indûment à leur charge ;

Des effets d'équipement, et surtout des chapeaux, avaient été avariés sur le navire *l'Hector - Daure* dont j'étais propriétaire en partie et subrécargue à St.-Domingue ; mais il résultait d'un procès-verbal signé des Agens mêmes du pouvoir, et d'une visite d'experts, que cette avarie était un *événement de force majeure qui ne pouvait m'être imputé.* (*Notes et pièces justificatives*, n° 14.)

Le paiement du fret avait été postérieurement ordonné et payé ; et l'article 435 du Code de commerce porte : « *que toutes les actions contre le capitaine et* « *les assureurs pour dommages arrivés à la marchan-* « *dise sont non recevables, si elle a été reçue sans* « *protestation.* »

C'était donc une affaire absolument terminée, et il ne fallait rien moins que toute l'habileté administrative du Ministère de la marine pour y revenir, et me demander en France le paiement d'avaries qui avaient été reconnues à St.-Domingue ne devoir pas être à ma charge.

2° Une seconde somme de 5,548 fr. 50 cent., à eux aussi

« retenue sur le fret dudit navire, réglé par le traité du
« 17 ventôse an 11 ;

Le navire *l'Hector-Daure* avait été affrété au Port-
au-Prince pour le service de l'état, à un prix fixé par
tonneau ; le Capitaine du port et les maîtres de port
l'avaient jaugé *d'après les règles de l'art et conformément aux conditions stipulées par l'affrétement ;*
le paiement du fret avait été fait à St.-Domingue
d'après ces bases. (*Pièces justificatives,* n° 15.)

Comment le Ministère de la marine a-t-il pu revenir sur une affaire légalement réglée et terminée
à St.-Domingue, et retenir une somme de 5,548 fr.
40 c. sans daigner même en faire connaître les
motifs ?

Je les connais aujourd'hui malgré l'extrême dis-
crétion des Bureaux envers moi ; ils ont supposé
que le navire *l'Hector-Daure* ne contenait point la
quantité de tonneaux à la quelle il avait été jaugé par
les gens de l'art, et en présence des Agens du gouvernement qui avaient surveillé et contrôlé cette opé-
ration.

Cette supposition perfide ne pouvait, au reste,
infirmer des pièces régulières, légales, inattaquables ;
et la retenue de 5,548 fr. pour un prétendu *trop payé*
à St.-Domingue n'est pas moins arbitraire et inique
que celle de 47,162 fr. pour des avaries qu'on ne
pouvait d'ailleurs m'imputer.

§. III.

Le Conseil d'état interprète tout, confond tout, viole tout pour dépouiller des créanciers du gouvernement; il donne le nom et l'autorité d'une décision à un rapport absurde, ouvrage des Bureaux de la marine.

Les conclusions de ce rapport sont considérées par ce Conseil comme exécutoires et définitives, parce qu'elles ont reçu l'approbation d'une Commission qui ne les a jamais connues, et qui n'a pu d'ailleurs leur donner un caractère d'irrévocabilité.

Toutes les lois de l'équité sont violées, non seulement envers nous, mais envers tous les propriétaires des navires mis en réquisition pour l'évacuation de St-Domingue.

SUITE DE L'ARRÊT.

« Vu le rapport de la Commission de liquidation sur le na-
« vire le *Two-Sisters*, suivi de la décision en date du 3 jan-
« vier 1807, vue et approuvée le 15 décembre 1810 par la
« Commission de révision.

Pour liquider les créances de Saint-Domingue, (au Ministère de la marine; *liquider* signifie *ruiner*) il paraîtrait qu'on aurait employé le concours de deux Commissions;

L'une dite, *Commission de liquidation de la dette de Saint-Domingue;*

L'autre nommée *Commission de révision.*

De la Commission de liquidation et de la décision du 3 janvier 1807.

JE nie l'existence de cette Commission; il n'existe aucune trace de sa nomination. On voit figurer à la vérité comme Rapporteur de la Commission un vieux Conseiller d'état attaché au Ministère de la marine, un véritable moule à signature,

« Un grand homme sec, là, qui *servait* de témoin,
« Et qui *signait toujours*, quand il était besoin. »

Tout le travail des liquidations ou spoliations comme on voudra les appeler, a été d'ailleurs préparé, fait et terminé dans les Bureaux du ministère par M. Blanchard, chef du bureau de liquidation des créances de Saint-Domingue; une lettre de M. Décrès alors ministre de la marine, déposée aux archives où j'ai pu la voir, et dont on n'a pas voulu me permettre de prendre copie, demandait le « 3 juin 1810, *la nomination d'une Commission du* « *Conseil d'état, pour REVISER LE TRAVAIL des li-* « *quidations de Saint-Domingue, annonçant que SES* « *BUREAUX ÉTAIENT PRÈS DE LE TERMINER.* »
J'ai déjà dit que je n'avais pu connaître ni par des copies, ni même par des extraits, les décisions qui m'avaient *ruiné*. Il restera prouvé par ce que j'exposerai dans ce Mémoire, que l'administration peut vous dépouiller, sans vous faire connaître les motifs de ses décisions, et sans les connaître elle-même.

Il est heureux pour moi qu'un *malin esprit* qui se plaît quelquefois à tourmenter nos bureaucrates, ait bien voulu me procurer cet infernal grimoire, et m'ait aidé à le déchiffrer. Je demande bien pardon aux *Laubardemont* du jour, d'avoir imploré le secours d'un pareil *lutin;* mais quand on a affaire aux Bureaux et au Conseil d'état, on peut se donner au diable dix fois par jour.

une si honteuse perfidie, que je dédaigne d'y ré-
pliquer; tous mes lecteurs penseront comme moi.

« Cette circonstance étant aussi fâcheuse pour le
gouvernement que pour les capitaines de navire,
elle ne peut être considérée que comme l'effet d'une
FORCE MAJEURE. »

Heureusement l'ignorance du rapporteur égale sa
mauvaise foi; il vient de citer le cas de FORCE MA-
JEURE, et c'est ce qui le condamne; ce sont les conditions d'affrétement qui me fournissent ma réplique :

« *DANS LE CAS DE FORCE MAJEURE provenant du*
» *fait du gouvernement et qui serait de nature à dé-*
» *charger les assureurs, LE GOUVERNEMENT RÉ-*
» *PONDRA DES SUITES ; et pour conservation des*
» *droits respectifs, le bâtiment sera estimé au départ,*
» *et en cas de perte, le capital remboursé, sous dé-*
» *duction d'un cinquantième.* »

Cet extrait des *Conditions générales d'affrétement*
de navires au voyage pour les Isles du vent et sous le
vent, est, je crois, assez positif.

Le Rapporteur continue : « *Il en résulte qu'aucune*
des observations de la réclamation du capitaine
Bascom N'ÉTANT FONDÉE, ... »

Il l'a très-bien prouvé !

« *On propose de la rejeter sauf à lui à se pourvoir,*
s'il le juge à propos, auprès du GOUVERNEMENT
ANGLAIS, pour se faire rendre la justice à laquelle
il prétend. »

Bien obligé du conseil, et je ne m'y attendais
guère.

Où diable *son* esprit prend-t-il ces gentillesses.

Nul doute en vérité que les Anglais ne payent un

navire *mis en réquisition* par des agens français, *pour transporter des troupes en France !*

Nul doute *qu'ils n'en payent le loyer pour le service du gouvernement français.*

Nul doute même, *qu'ils ne payent les vivres fournis aux passagers,* militaires ou habitans, *par ordre des agens français.*

En résultat, le rapporteur reconnaît :

Que le navire est *américain ;*

Que *la capitulation du Cap lui permettait de sortir sans molestation;*

*Qu'il a été mis en réquisition par suite de circons-*tances *fâcheuses* dans lesquelles se trouvaient la colonie et l'armée ;

Qu'un grand nombre de français a trouvé son salut à bord ;

Qu'on leur a fourni des vivres PAR ORDRE ;

Que *l'estimation* du navire a été ordonnée, et faite pour le cas de FORCE MAJEURE.

> Aussi tant de raisons sont autant de moyens
> Qu'il emploie à prouver...

Que les anglais doivent payer surrestaries, vivres et navire.

Bravement conclu !

> Comment diable, Crispin, tu plaides comme un ange.

Voilà ce qu'on peut appeler un petit rapport joliment troussé.

Mais ce n'est point un rapport, c'est bien pis, *c'est une décision,* et c'est un arrêt du Conseil d'état qui nous l'affirme.

Il est clair que ces mots ;

« *On propose de la rejeter, sauf au capitaine*

Bascom à se pourvoir auprès du gouvernement anglais, souscrits de la *signature unique* de M. le Conseiller d'état Radoteur, *sont une décision.*

Quand une pareille formule, revêtue d'une signature unique, est qualifiée par le Conseil d'état : « *Décision de la Commission de liquidation en date* » *du 3 janvier* 1807, » on ne doit plus être étonné qu'il rende lui-même des arrêts fort extraordinaires.

De la Commission du Conseil d'état et de la révision du 15 décembre 1810.

CETTE Commission du Conseil d'état fut nommée par décrets des 26 juin et 20 octobre 1810 qui ne furent point publiés, ni insérés au Bulletin des Lois.

Elle était composée :

D'un Conseiller d'état,

De deux Auditeurs,

De deux Maîtres des requêtes, dont un général de cavalerie.

> On ne s'attendait guère ,
> De voir Pr**** en cette affaire.

Comment en effet, un officier général de cuirassiers va-t-il s'embarquer dans une pareille affaire et sabrer à tort et à travers sur des réclamations maritimes ? n'est-ce pas le marquis de Mascarille commandant un régiment de cavalerie sur les galères de Malte ?

Je rends d'ailleurs justice à la Commission de révision ; elle s'est égarée ; mais pouvait-elle faire autrement d'après sa composition , et privée de rensei-

gnemens qu'elle ne pouvait obtenir des parties in-
téressées, qui se voyaient constamment repoussées
par le Ministère de la marine? Elle se trouvait à la
merci des Bureaux qui dénaturaient des faits,
qui dissimulaient des pièces, et qui *interprétaient*
(car ils interprétaient aussi; les interprétations sont
la rocambole de l'Autorité).

Au moins la Commission de révision a montré de
la bonne foi, elle a montré le désir de s'éclairer
dans cette affaire; on verra même qu'elle a eu le
courage de lutter contre le Ministère de la marine.
Que n'en puis-je dire autant du Comité contentieux,
et du Conseil d'état !.... Quand nous leur avons
fait voir, quand nous leur avons prouvé que les
Bureaux les trompaient, ils ont voulu paraître
aveugles et sourds; ils ont trouvé de *graves conséquences* à dévoiler les turpitudes de quelques
Commis, et n'ont pas craint d'en devenir les complices.

Avant d'arriver à la révision du 15 décembre 1810,
je suis obligé de rappeler succinctement, qu'on a
vu, qu'on a parfaitement reconnu, à travers les bal-
lourdises des Bureaux (ratifiées par M. le Conseiller
d'état soi-disant rapporteur), que les agens français
à Saint-Domingue, les anglais à la Jamaïque, et les
Bureaux de la marine à Paris, *ont tous considéré le
navire The Two Sisters comme américain* : C'est un
fait sur lequel nous sommes tous d'accord.

Il est un autre fait aussi constant; c'est que les réclamations de tous les propriétaires de navires mis
en réquisition au Cap pour l'évacuation de l'armée,
ont été toutes rejetées en masse, comme je vais le
prouver, *par un seul arrêté* dont les Considérans ne

peuvent être applicables qu'à *des navires français.*

Il en résulte que si les motifs de cet arrêté, qui porte la date du 24 décembre 1811, ont été appliqués au navire américain *The Two Sisters,* ce ne peut être que par erreur, ou distraction, ou mauvaise foi.

Le navire le *Two Sisters* n'a depuis été désigné dans l'arrêt du Conseil du 2 décembre 1816 ni comme français ni comme américain ; ce qui me paraît assez singulier ; peut être a-t-on éprouvé de l'embarras, et n'a-t-on su quelle couleur lui donner ? je dois le croire ; car *s'il est français, le rapport des Bureaux est erroné ; s'il est américain, l'arrêté du 24 décembre 1811 ne peut lui être applicable.*

En justice administrative, on n'y regarde pas de si près ; si les faiseurs d'arrêts du Conseil d'état ne se donnent point la peine de nous apprendre quelle est la couleur du navire, *l'arrêté de la Commission de révision ne porte pas même son nom !......* On va croire que je fais une mauvaise plaisanterie, ou que je veux chicaner sur la manière incorrecte peut-être, dont le nom *The Two Sisters,* qui n'est pas français, aurait pu être écrit ; point du tout : *La Commission de révision a rejeté la réclamation, sans avoir vu le nom du navire, ni connu ceux du capitaine et des réclamans.*

J'ai fait de bien singulières découvertes sur la manière dont en général s'est opérée la liquidation des créances de Saint-Domingue ; voici comme cela s'est passé pour le *Two-Sisters.*

Les Bureaux avaient terminé leur rapport trop au bas d'un *folio* pour qu'on pût y mettre la formule de l'arrêté de la Commission de révision ; alors on reporta

au haut du *verso* suivant ces derniers mots du rapport : *pour se faire rendre la justice à laquelle il*
prétend.   *Paris,* 3 *janvier.* 1807.

Le Conseiller d'état soi-disant rapporteur, signa ;
le dossier fut enfoui de nouveau dans les cartons avec
ceux de tous les navires français mis en réquisition
au Cap, et il y resta pendant trois ans ; car pour
n'être pas très juste, l'administration n'en est pas plus
expéditive.

La Commission du conseil d'état fut enfin nommée
en 1810. Elle jugea d'après le rapport des bureaux
que les réclamations pour tous les navires français
mis en réquisition au Cap, étaient inadmissibles,
par des motifs qu'il ne convient point d'examiner
ici, et qui se trouvent consignés dans la décision prise
sur la réclamation de MM. Vᵉ St. Jean et Cᵉ. du
Havre, qui n'est autre chose que l'arrêté du 24 décembre 1811.

On ne se donna pas la peine de détailler ces motifs dans toutes les décisions que la Commission de
révision prit ou parut prendre pour chacun de ces
mêmes navires ; on se borna seulement à ajouter à
la suite des propositions de rejet faites par les bureaux,
cette formule banale :

« *Vu, revisé, et approuvé par la Commission du*
« *conseil d'état créée par décrets des* 26 *juin et* 20
« *octobre* 1810, *pour la révision de la liquidation de*
« *la dette de St. Domingue.* »

Cette même formule fut employée pour le navire
The Two-Sisters, et placée sur le *verso* qui n'of-
frant, comme je viens de le dire, que les derniers

3

mots du rapport, ne laissait voir ni le nom du navire ni celui des réclamans, et où la Commission ne vit en effet que la place où elle devait signer et où elle signa.

Ainsi, le *Two-Sisters* pour lequel, à la vérité, personne ne réclamait à cette époque; puisque Côtentin, chargé de la procuration, avait été assassiné, et puisque nous étions alors aux armées; le malheureux *Two-Sisters fut traité comme tous les navires français, quoiqu'il fût américain.*

Rien ne doit étonner en justice administrative; *En frémissant je m'évertue*, et je dis comme Figaro : *Messieurs, il y a malice, erreur ou distraction...*

A ces mots, j'entends s'élever dans les bureaux de la Marine, une rumeur pareille à celle qui déjà s'était fait entendre, lorsque j'avais eu l'attention polie de leur adresser certaine *Réclamation contre une spoliation*. (*Note* 27) Quelle calomnie ! quelle audace, s'écrie-t-on !

Eh, messieurs, quand les faits avancés dans cette *réclamation* sont prouvés par votre silence, est-il possible de vous calomnier ? est-il même possible de montrer quelque audace en vous attaquant ? je suis sur un bon terrain, vous êtes dans la boue : cependant je l'accorde, messieurs; *l'erreur* serait trop grossière; vous ne vous trompez que quand vous le voulez bien; la *distraction* serait trop forte : je sais que vous prenez votre temps; la *malice* est tant soit peu diabolique : mais vous êtes diablement *malins*.

Cependant, puisque vous voulez faire croire que cette formule banale et très-laconique : *vu, révisé et approuvé*, employée sans traces d'examen ni de dis-

Dernière page figurée (verso) *du rapport de la prétendue Commission de liquidation sur la réclamation Two-Sisters.*

« *On propose de la rejeter* , sauf à lui à se pourvoir , s'il le
« juge à propos, auprès du gouvernement anglais pour se faire
« rendre la justice à laquelle il prétend.

Paris, le 3 janvier 1807.

« Les conseillers d'état composant *la Commission de liqui-*
« *dation* de la dette de Saint-Domingue.

« *Signé* R****. »

RÉVISION.

« *Vu, revisé, approuvé* par la Commission du conseil d'état
« créée par décrets des 26 juin et 20 octobre 1810, pour la
« révision de la liquidation des créances de Saint-Domingue. »

« Paris, 15 décembre 1810.

« *Signé* G....., A......, D......., B. de P....., C....... »

« *Voir la décision prise sur la réclamation de MM. Ve St.-*
« *Jean et compagnie du Havre,* armateurs des navires la
« *Catherine, Adélaïde et la Sophie.* »

cussion, pour le navire américain *The Two-Sisters* comme pour tous les navires français, n'offre pas une preuve suffisante qu'il ait été rangé dans une même catégorie par *malice, erreur ou distraction*, examinez avec moi et franchement, si cela vous est possible, examinez si nous ne découvrirons rien de plus décisif, en figurant ici la dernière page du rapport des bureaux, qui va nous présenter à la fois la prétendue *décision du 3 janvier* 1807 *et la révision du 15 décembre* 1810 (*Voir* la page ci-contre).

J'ai déjà fait remarquer que ces mots : *on propose* etc. sont une formule de décision bien singulière, n'en déplaise au conseil d'état. Mais passons....

Une *Commission de liquidation* composée d'un Conseiller d'état *tout seul*, est quelque chose de fort drôle.

C'est avec trois mots : *vu, revisé, approuvé*, sous lesquels un Conseiller d'état et des maîtres des requêtes apposaient bénévolement leur signature, que le Ministère de la marine *ruinait* en 1810.

On verra plus loin qu'avec deux mots : *graves conséquences*, il *ruinait* en 1816.

> Cela fut dit en trois mots au plus,
> Le laconisme est langue des élus.

J'arrive enfin à cette note infiniment précieuse, qui, pour les motifs et les considérans omis dans la révision, renvoie *à la décision prise sur la réclamation de MM. Ve St Jean et compagnie du Havre*, armateurs des navires *la Catherine, Adélaïde* et la *Sophie*; par conséquent, navires *français*.

Cette note seule, ne fournit-elle pas la preuve la plus claire, la plus complète, la plus positive que la décision de la Commission de révision à laquelle elle renvoie, ne pouvait en aucune manière être applicable au navire *américain The Two-Sisters*.

Chacun des paragraphes de cette décision en fournit encore une nouvelle preuve. (*Pièces justificatives, n°* 17.)

N'est-il pas surtout fort remarquable que dans la réclamation des propriétaires du *Two-Sisters*, qui s'élève à 160,000 fr., 60,000 figurent pour *vivres* et *surrestaries*; et tout cela se trouve rejeté par un arrêté dans lequel il n'est question ni *de vivres*, ni *de surrestaries*, ni du navire *Two-Sisters*!....

C'est en cela, messieurs du Ministère de la marine que brille votre adresse; jamais Crispin de comédie présentant la plume et son dos incliné en pupitre, à Géronte ou à Chrisante, n'escamota plus subtilement une signature.

C'est ainsi que par une décision qui n'était point une décision, soumise à une révision qui ne fut point une révision, parce que les réviseurs revisèrent rien, (ce qui est prouvé par une *erreur de fait*,) la réclamation des propriétaires du navire *The Two-Sisters* fut rejetée.

On se rappelle avoir lu dans mon *Avant-propos*, que l'honorable rapporteur de la Commission des pétitions avait dit, qu'*une liquidation fut réellement faite*.

En effet, toutes les liquidations des créances de Saint-Domingue ont été *réellement faites*, avec autant d'équité que celle du *Two-Sisters*; *avis aux créanciers de Saint-Domingue.*

Dix lignes vont suffire pour prouver que 25 ou 3o *liquidations réellement faites*, n'ont été ni moins iniques ni moins absurdes.

Je choisis les *liquidations de tous les navires mis en réquisition* au Cap, en même temps que le *Two-Sisters, pour transporter des troupes en France.*

Ces liquidations présentées comme l'ouvrage d'une Commission, qui eût été composée d'un Conseiller d'état *tout seul*, ont été *réellement faites* dans les bureaux de la marine, par la même main, et avec la même probité que celle du *Two-Sisters*. L'exposé que j'en ai fait doit en donner une terrible idée.

Ces liquidations ont été revisées ou non, par une Commission du conseil d'état qui, au reste, les a toutes *approuvées* en trois mots, *vu, revisé, approuvé*, qui ne sont pas sans quelque ressemblance avec le fameux *feu de file* reproché à certains tribunaux.

Cette commission a d'ailleurs renvoyé pour les motifs de cette approbation à son arrêté du 24 décembre 1811, sans trop s'embarrasser si ces motifs s'accordaient avec l'objet de chaque réclamation, comme l'affaire du *Two-Sisters* en offre la preuve.

Cet arrêté, en rejetant d'une seule fournée toutes les réclamations des propriétaires de ces navires, a violé toutes les garanties données au commerce de France par les *Conditions générales d'affrétement*, dont il ne paraît pas que cette Commission, peu versée dans les affaires maritimes, ait eu connaissance.

Les *Conditions générales d'affrétement*, publiées au départ de l'expédition, et méconnues au retour, rendaient le gouvernement responsable des suites, pour les cas de force majeure et de perte du navire.

Cet arrêté du 24 décembre 1811 n'est d'ailleurs

revêtu d'aucune sanction qui ait pu lui donner un *caractère d'irrévocabilité*, quoiqu'on le dise au ministère de la marine, quoiqu'on le répète dans la chambre des députés, et quoique le conseil d'état juge ainsi.

§. IV.

Le zèle administratif des Bureaux ne se borne pas à rejeter les plus justes réclamations ; ils savent, au besoin, transformer en débiteur un créancier du gouvernement, et par exemple lui demander, après l'avoir ruiné, 70,000 fr. pour une dette supposée, évaluée à 600 fr. !

SUITE DE L'ARRET.

« Vu le rapport de la Commission de révision sur l'Hector-« Daure, suivi de la décision du 28 mars 1811,

J'ai démontré que le rapport des Bureaux de la marine relatif au navire *The Two-Sistres* avait échappé à l'attention de la Commission de révision par une supercherie administrative ; il n'en a point été de même pour le navire l'*Hector Daure* : on ne pouvait le ranger dans une catégorie, l'affaire étant d'une espèce particulière, puisqu'il s'agissait d'effets du gouvernement qui auraient été avariés.

La Commission de révision prit connaissance du rapport des Bureaux ; aussi ne l'approuva-t-elle pas.

Si l'affaire du navire *The Two-Sisters* a offert, grace à la gentille espiéglerie des Crispins du ministère de la marine, un dénouement de comédie ; celle de l'*Hector-Daure* va présenter le plan d'un drame qui ne manque pas d'une certaine hardiesse d'invention.

Ces avaries qui auraient eu lieu sur le navire l'*Hector-Daure*, étaient une fable imaginée dans les bureaux de la marine, pour refuser le paiement de ce qui pouvait m'être dû par suite de mes divers traités avec le gouvernement de Saint-Domingue.

Comme le sujet de ce drame n'était pas absolument neuf, afin de le féconder, de donner du mouvement, d'amener des incidens et de mettre en scène de nouveaux personnages, les auteurs du plan proposèrent :

1° D'annuller les traites de Saint-Domingue, tirées à mon ordre et d'en refuser le paiement aux *tiers-porteurs* ;

2° De refuser le paiement d'une somme de 56,000 f. environ, due par le gouvernement pour le paiement du brick *les Trois amis* dans lequel je n'avais que la propriété d'un quart (9,000 fr); de sorte qu'après m'avoir tout ravi d'ailleurs, le gouvernement eut obligé les propriétaires des trois autres quarts de ce navire qui ne lui devaient rien, de payer pour moi, leur laissant par forme de dédommagement le droit de me faire pourrir à Ste-Pélagie.

La somme retenue eût été de 70,000 fr. à peu près en totalité.

Quant au dénouement du drame, on m'en laissait le choix ; ayant servi tour à tour dans la marine et dans la cavalerie, je pouvais (*ad libitum*) me jeter à l'eau la tête la première ; les auteurs ayant reconnu en principe que la rivière coulait pour tout le monde, particulièrement pour les créanciers des colonies ; ou bien pour amener du spectacle, des marches, des combats, j'aurais pu me faire tuer à la tête d'un escadron ; ce qui eût rendu le dénoue-

ment tout à fait héroïque, et digne, peut-être, de figurer un jour au Cirque Olimpique.

La Commission de révision n'approuva pas ce plan;
un de ses membres fut chargé de faire un nouveau
rapport; aussitôt les Bureaux se remettent à l'ouvrage, pour former le tissu d'une nouvelle intrigue;
les interprétations les plus absurdes, les mensonges
les plus grossiers, enfin les moyens les plus honteux
furent employés; des pièces essentielles ne furent
pas communiquées.

En effet le rapport de la Commission de révision
prouve qu'elle a manqué de renseignemens; elle les
recherche et les désire; elle exprime le regret de ne
pourvoir se les procurer, parce qu'alors j'étais *capitaine de cuirassiers et sous les drapeaux*. Elle repousse la proposition de faire payer par mes co-intéressés sur le brick *les Trois-amis*, ce que je pouvais devoir au gouvernement pour avaries sur le navire l'*Hector-Daure*. Enfin elle conclut, avec une ré-
pugnance marquée, à me retenir 47, 000 fr. au
lieu de 70, 000 demandés par les bureaux; encore
n'est-ce que *provisoirement*, vu le motif de mon absence, et pour que je puisse être entendu, quand
mon retour de l'armée le permettrait.

La Commission commit quelques erreurs faute de
renseignemens qu'elle sollicitait et que les Bureaux
ne voulurent pas lui donner; elle fut évidemment
trompée, en me croyant propriétaire de la moitié du
brick *les trois-amis*; les bureaux savaient parfaitement qu'un quart seulement était à moi; ils se gar-
dèrent bien surtout de lui donner connaissance
d'une pièce qui constatait que ces avaries incalcu-
lables et pour lesquelles ils avaient proposé de me

retenir 70,000 fr. faute de mieux, avaient été évaluées à 600 fr. par l'Ordonnateur en chef de Saint-
Domingue. (*Pièces justificatives, n° 32.*)

Le résultat des intrigues des Bureaux et des erreurs de la Commission fut, que de créancier du
gouvernement pour plus de 100,000 fr, je devins
son débiteur d'une somme de 47,000 fr.

§. V.

*Le plus obscur agent de l'autorité peut écarter et
frapper de nullité les actes les plus authentiques.*

SUITE DE L'ARRET.

« Vu le procès verbal dressé les 23 et 30 messidor an 11, sur
« la cause des avaries. »

Ce procès-verbal dressé par les agens du pouvoir,
d'après la déclaration des experts, constatait que
des *avaries* causées par un événement de *force majeure* ne pouvaient m'être imputées.

On a vu cependant avec quel zèle administratif
les bureaux de la marine ont écarté cet acte, et ont
proposé de me faire payer les *avaries* solidairement
avec des personnes absolument étrangères à cette
affaire.

« Vu la réclamation présentée au nom du sieur Elias Bas-
« com devant la Commission de liquidation des créances de
« Saint-Domingue, relativement au navire *the Two-Sisters*,
« ladite réclamation accompagnée de *pièces justificatives.*

Il a été impossible à beaucoup de créanciers de
de St.-Domingue de fournir des pièces régulières à
l'appui de leurs réclamations.

En justice administrative, il est admis que les
malheureux dépouillés par des réquisitions sont
encore responsables de la négligence, des bévues,
et des infidélités des agens du pouvoir ; la difficulté

des communications, les distances les plus considérables, les dangers de la mer, le pillage de l'ennemi,
ne sont pas pris en considération; et la moindre
formalité oubliée frappe une pièce de nullité !

Je dois le bonheur d'avoir conservé les pièces
relatives au navire *The Two-Sisters*, que j'avais fait
établir et régulariser moi-même, et dont je ne me
suis jamais séparé, au hasard qui m'a procuré le commandement du Brick parlementaire le *St.-Nicolas*
qui rapporta de la Jamaïque à Nantes, toutes les
pièces de la comptabilité de St.-Domingue.

Cette bonne fortune, si c'en est une, met en
colère les agens du pouvoir; il s'en trouve un qui à
propos du *Visa* de l'Inspecteur général de la Colonie, obligé à peu près sur toutes les pièces, s'avise
de dire, croyant sûrement y mettre de la finesse :
*on a profité de la présence de l'Inspecteur pour ob-
tenir le Visa.*

Notre ami Drolichon qui n'est pas une bête,
et que je ne crois pas scrupuleux, connaissait sûrement un moyen de l'obtenir en son absence.

A propos de l'estimation du navire dont il ne
peut infirmer en aucune manière le procès-verbal,
il écrit : *on n'aurait pas dû la faire.* »

Que répondre à un argument de cette force ? en
effet cette pièce est un titre décisif en faveur des propriétaires, et si les agens français à St. - Domingue
qui dans cette occasion ont respecté la propriété,
ne s'étaient pas montrés plus scrupuleux que cet
honnête administrateur, ils n'auraient pas exposé
le Ministère de la marine et le Conseil d'état à donner
le scandale d'une spoliation prouvée.

Je ne connais qu'une espèce de réquisitions pour
lesquelles on ne pouvait exiger ni *BONS*, ni estima-

tions, ni visa; ce sont celles qui se levent à main armée, sur les grandes routes, et qui frappent ordinairement sur les voyageurs et les diligences; c'est vraisemblablement à cette école que cet administrateur si zélé a fait un cours de jurisprudence administrative; il a peut-être renoncé aux grandes routes pour la haute administration ?

Il y trouvera plus de sécurité; mais ses habitudes administratives ne lui donneront pas plus de considération.

§. VI.

Intrigues, bassesses, crimes des Bureaux ; — léthargie d'un ministre, erreur, abus d'autorité. — Fin de non recevoir ou ordre d'étouffer en deux mots : graves conséquences.

SUITE DE L'ARRET.

« Vu la lettre en réponse de notre ministre secrétaire « d'état au département de la Marine, en date du 1er sep- « tembre 1816.

Cette lettre du 1er septembre 1816 était le secret de l'enfer; ni mes Conseils, ni moi, ne devions connaître cette œuvre de ténèbres; mais *mon lutin* m'a tout appris : elle portait que de *graves conséquences* (*pièces justificatives*, n° 33) s'opposaient à la révision que nous demandions; tel était le sommaire de l'arrêt dont la rédaction était confiée au Comité contentieux et que le Conseil d'état devait prononcer.

La même lettre accompagnait le renvoi de notre requête au Roi, et les bureaux avaient eu le soin de la couvrir de notes anonymes, toutes aussi fausses que perfides. (*Notes et pièces justificatives*, n°s 30 et 35.)

Pour être exact et vrai, je me trouve obligé, à propos de cette lettre de S. Ex., de faire la part des Bureaux et celle du Ministre.

Dans les bureaux : bassesse, intrigue et crime enfin.

Chez le Ministre : léthargie, crédulité, actes arbitraires.

Je vais me débarrasser d'abord du bagage des Bureaux qui est le plus sale, et donner un abrégé de leur conduite envers moi, depuis que pour mes péchés, j'ai eu quelque chose à démêler avec eux ; ensuite le Ministre aura son tour.

J'ai fait connaître le rapport des Bureaux relatif au navire *Two-Sisters*, qualifié par le Conseil d'état, *décision du 3 janvier 1807*, et terminé par cette plaisanterie de m'adresser aux anglais.

J'ai raconté le tour de Crispin qu'ils avaient joué aux membres de la Commission de révision, en escamotant leurs signatures.

J'ai dit comment cette Commission avait été privée des renseignemens qu'elle demandait et qui étaient a la disposition des Bureaux.

J'ai dit comment dans l'affaire l'*Hector-Daure*, ils avaient dissimulé l'existence d'une pièce qui évaluait à 600 fr. des avaries pour lesquelles ils avaient proposé de retenir 70,000 fr.

Comment en effet auraient-ils osé la présenter ? Voilà ce qui arrive toujours à des gens sourds à la voix de l'honneur et de la probité, lorsqu'ils se trouvent engagés dans une pareille affaire ; au lieu de s'empresser de réparer loyalement une erreur ou une faute, ils veulent la cacher par tous les moyens, licites *ou non*, et ils ne peuvent plus s'arrêter,

De là , les erreurs de la Commission de révision :
le rejet injuste d'une créance de 160,000 fr. légitimement due et la retenue *provisoire* de 47,000 fr.
dont 9,000 fr. à des personnes entièrement étrangères à cette affaire.

De là, le refus constant et injuste des Bureaux de
me délivrer copies de trois décisions qui m'intéressaient, relatives aux navires les *Trois-Amis*,
l'*Hector-Daure* et le *Two-Sisters*.

De là, leur refrain continuel (*pièces justificatives*,
n° 28) que *toutes mes réclamations étaient rejetées,
que c'était une chose terminée, sur laquelle on ne
pouvait revenir*; quand au contraire la Commission
de révision n'avait prononcé la retenue de 47,000 fr.
que *provisoirement*. (*Pièces justificatives, n*° 31.)

De là, les refus de *rendez-vous* et de *laissez-entrer*.
(*Pièces justificatives, n*° 29.)

De là, pour me servir des expressions d'un magistrat que sa modestie ne me permet pas de nommer,
une barre de fer toujours sur mon passage.

De là, un embargo sur toutes mes lettres à S. Ex.,
même sur celles qui portaient en souscription « *pour
» son excellence seule.* »

De là, la nécessité de recourir à un Ministre moins
introuvable que M. le comte Dubouchage, et je
fus en effet assez heureux pour en trouver un plus
accessible qui voulut bien solliciter, et qui obtint
un ordre de sa Majesté, pour que le Comité contentieux eût à examiner s'il y avait lieu de réviser les
deux décisions dont je me plaignais ; je le prie de recevoir ici l'hommage de ma vive et respectueuse
reconnaissance.

De là, les intrigues du ministère de la marine, les

interprétations, les *notes anonymes*, (*notes et pièces. justificatives*, n° 30) les *faux extraits de pièces.* (*Pièces justificatives*, n° 35.)

De là, les *graves conséquences*. (*Pièces justificatives*, n° 33.)

De là, la coalition des bureaux et du ministre avec le Comité contentieux du conseil d'état.

De là, l'injuste arrêt du 2 décembre 1816.

De là, la correction morale que je me trouve forcé d'appliquer aujourd'hui aux agens iniques du pouvoir, quels qu'ils soient, et tout ce qui en pourra résulter; diffamation, misé en jugement, interprétations qu'on interprétera, conclusions contre lesquelles on conclura, et enfin toutes ces petites persécutions administratives et judiciaires, surtout bien *constitutionnelles,* pour lesquelles, à la rigueur, les hommes de notre robe peuvent témoigner quelque respect, par esprit de subordination, par habitude, et par amour de la patrie, du Roi, de l'ordre et de la paix; mais qui ne feront jamais faire un pas en arrière, à celui qui ne connaît de redoutable que la honte; à celui qui supporte gaiement l'adversité, et qui ne veut pas tolérer une injustice, parce qu'elle l'offense; à celui qui préfère enfin, qu'on dise de lui.

Non injuriam sed mortem patienter Tulit.

J'ai laissé courir ma plume, et me voilà bien loin de ce Ministère de la marine, qui m'a laissé des souvenirs *si chers.*

J'y rencontrais ordinairement une espèce d'habitué qui n'y manquait pas un *jeudi* (jour d'ouverture des bureaux); à l'en croire, il était chargé de réclamations importantes; il était dans l'intimité de quelques chefs, il connaissait les moyens d'aplanir au besoin toutes les difficultés; il avait entrepris et fait réussir des affaires désespérées; il me questionnait sur la marche de celles que je suivais à ce ministère, et sur mes espérances; son refrain accoutumé était, comme celui des Bureaux, que *je m'y prenais mal.*

J'avoue ma simplicité; je ne comprenais pas ce qu'il voulait me dire; je ne soupçonnais pas qu'il y eût en France un choix de moyens pour réclamer une chose juste; je le lui dis naïvement; il se moqua de moi, et m'offrit un jour de nous faire payer le montant de notre réclamation, et les intérêts, (320, 000 fr. à peu-près en total), si nous consentions à lui abandonner sur cette somme, une remise honnête de 30 pour 100; il me remit, en effet, un écrit tout préparé à ce sujet, qu'il me laissa pour y réfléchir. Voyant que je ne me décidais pas, il m'en rapporta un second, où la remise était réduite à 25 pour cent (*notes et pièces justificatives*, nº 18); mais pour cette fois, il me prouva par les diverses allocations qui, suivant lui, devaient être faites à M..., à M.... et à M.... qu'il agissait avec le seul désir de m'être utile, et qu'il lui resterait à peine une modique commission.

Je n'agréai point cette proposition qui me parut une calomnie contre des personnes jouissant d'une haute considération; je croyais à la probité, à l'honneur, au respect des lois; sûr de la légitimité de mon droit, je voulus obtenir justice en la réclamant franchement, et comme une chose due. Il existe en moi une telle conviction de la justice de ma cause, et j'ai assez bonne opinion de l'énergie et de la ténacité de mon caractère pour être assuré

4

qu'on ne peut toujours et impunément être injuste en vers moi, *quand même je m'y prendrais mal.*

Je voulus enlever le succès de cette affaire par une attaque franche et décisive, comme une charge de cavalerie; je communiquai mon projet à mon co-intéressé; il était trop dans ses goûts pour ne pas l'adopter avec plaisir; nous publiâmes alors un petit Mémoire que les agens du pouvoir nommèrent un *pamphlet.* (C'est ainsi qu'ils en usent toutes les fois qu'ils n'osent répondre.) Il avait pour titre: *Réclamation contre une spoliation, par deux officiers à demi-solde;* avec cette épigraphe: *Etouffer, n'est pas payer.* (*Pièces justificatives, n° 27.*)

Il attaquait un nouveau despotisme: celui de l'écritoire; il signalait les abus dont nous pouvions craindre de devenir les victimes. Malgré le secret recommandé par le Ministre, sur le contenu de sa lettre du 1er septembre 1816, je savais, grâce à mon *démon familier,* que son Excellence informait le Comité qu'il y aurait *les plus graves conséquences* à revenir sur la décision de la Commission de révision relative au *Two-Sisters.*

C'était une *fin de non-recevoir* que le Ministère de la marine, notre partie adverse, nous opposait à notre insu, (moyen admis, à ce qu'il paraît, en justice administrative); c'était la proposition honnête de nous *étouffer,* renouvelée par les Bureaux du ministère près le Conseil d'état, comme ils l'avaient antérieurement faite à la Commission de révision; c'était enfin, par l'appui que leur prêtait le Ministre lui-même, un ordre secret de nous *étouffer.*

Notre Requête au roi qui avait été communiquée

EXEMPLES.

Documens imposteurs fournis par le Ministere.

Page 39 de la requête. « La valeur du navire, les *Trois Amis*,
« a été payée *non par le motif de l'estimation du navire*,
« mais parce qu'elle était stipulée par l'article 15 de la police
« d'affrètement de ce navire à Brest. »

« Page 50 de la requête. « Il n'a été alloué pour le brick les
Trois Amis que CINQUANTE CENTIMES *par tonneau.* »

au Ministère de la marine, fut renvoyée à son Excellence le Garde-des-sceaux, après avoir été couverte dans les bureaux de notes anonymes, les unes à l'*encre*, les autres au *crayon* : quelques-unes de ces dernières furent enlevées on ne sait où, ni par qui; dans les notes à l'*encre* qu'on ne put faire disparaître, il se trouva des extraits de pièces absolument faux.

EXEMPLES.

Preuves de leur fausseté.

Je réponds à cette note (dont le but était d'affirmer que l'estimation d'un navire n'était point un motif d'en payer la valeur, malgré le sens précis des *Conditions générales d'affrétement*) par cet extrait de la liquidation du brick les Trois amis.

« *Remboursement du navire d'après L'ESTIMA-*
« *TION FAITE A St. DOMINGUE, déduction faite d'un*
« *cinquantième* etc.

Autre fausseté (dont le but était de faire réduire de moitié la somme demandée pour surrestaries ou loyer du navire *The Two-Sisters*) démentie par les *Conditions générales d'affrétement* et par l'extrait suivant de la liquidation du Brick les *Trois amis.*

Art. 3. « *Rétention du navire au Port-au-Prince*   5,040 fr.
« *du* 21 *prairial au* 20 *thermidor*

Art. 4. « *Affrétement du Port-au-*
« *Prince à St.-Marc du* 20 *thermidor au*   4,368 fr.
« 15 *fructidor*
                                                         ─────────
                                                         9,408 fr.

Le Brick les *Trois Amis* avait été jaugé à 168 tonneaux, qui à raison de *VINGT SOUS PAR TONNEAU* donnaient 168 fr. par jour.

Du 21 prairial au 20 thermidor, 30 jours à 168 fr.   5,040 fr.

Du 20 thermidor au 15 fructidor, 26 jours   4,368 fr.

Somme égale   9,408 fr.

Les notes au *crayon* qui ont été effacées, pouvaient être plus perfides et plus odieuses, puisqu'on a cru nécessaire de nous en dérober la connaissance; mais elles ne pouvaient être plus fausses.

C'est sur de pareils documens produits à notre insu, que se formait l'opinion de ceux qui devaient prononcer.

C'est de cette manière qu'une instruction contradictoire se faisait au Conseil d'état. (*Pièces justificatives,* n° 19.)

C'est avec cette probité que le Ministère de la marie, notre partie adverse, dictait lui-même, en secret, l'arrêt qui devait nous dépouiller, malgré toutes les lois et contre toute raison.

Telle est, enfin, « *la juridiction contentieuse du Conseil d'état qui* (suivant un journaliste qui l'a sans doute imprimé pour l'acquit de sa conscience) *n'est* « *qu'un mode de l'administration; mode très libéral,* « *très paternel, et qui n'en est pas moins attaqué par* « *de prétendus libéraux, qui seraient fort embarrassés* « *peut-être d'en discuter les avantages ou les incon-* « *véniens.* »

J'ai fait la part des Bureaux du ministère de la marine; je vais m'occuper à présent de celle de S. Ex. le vicomte Dubouchage.

Autrefois en France, on tenait aux ministres, pendant qu'ils étaient en faveur, le vase qu'on leur versait sur la tête, dès qu'ils étaient en disgrace; aujourd'hui, à quelques exceptions près, (car les français ont ainsi que les vins les plus généreux, une lie impure et nauséabonde) nous montrons plus de dignité et plus de noblesse : on ne nous voit plus nous prosterner devant l'idole, quand elle est en place, et l'insulter, quand elle est renversée.

J'écarte donc tout ce qui pourrait rappeler les événemens désastreux du ministère de M. Dubouchage; je ne veux parler que de sa conduite arbitraire envers nous, parce qu'un mot de lui, dans le rang élevé qu'il occupait, a été le motif unique d'un arrêt injuste, et la cause de notre ruine.

Monseigneur était un ministre introuvable ; nos demandes de *laissez-entrer* et de *rendez-vous* restaient sans réponses (*Notes et pièces justificatives*, nº 29). Les audiences de Son Excellence étaient toujours remises ou occupées par M. le secrétaire général, et n'avaient aucun résultat pour moi, qui voulais éclairer Son Excellence sur les intrigues et les crimes de ses Bureaux.

Une audience particulière eût été indispensable ; mais comment l'obtenir ? je n'étais protégé ni par un duc, ni par un commis. Je ne suis pas solliciteur; et certes, le ridicule de ceux qui s'en mêlaient alors, m'eût ôté pour jamais l'envie de le devenir.

Il était inutile d'ajouter à la suscription de nos lettres *pour le Ministre seul*. Monseigneur, en raison de sa qualité, ne daignait pas plus lire les lettres qui lui étaient particulièrement adressées que celles qu'il signait; nous pouvions à la rigueur, d'après son silence et son *immobilité*, le comparer aux Idoles des gentils : « *oculos habent et non videbunt;* « *aures habent et non audient ; manus habent et....* « *palpabunt.* »

Nous enragions, et cependant nous ne pouvions nous empêcher de rire de la comédie qui se jouait au Ministère de la marine. Le chef du bureau de la liquidation de Saint-Domingue, M. Blanchard (*Gaspard*) qu'il ne faut pas confondre avec M. Blanchard (*Louis*) du même Ministère, jetait un regard inquiet sur le passé. Le chœur de malédictions qui s'était élevé contre lui dans tous les ports de France, et même sur les rivages de l'Amérique, lorsque ses ténébreux travaux de liquidation furent connus, retentissait encore à son oreille, et lui causait un frisson, non de remords mais d'effroi; il craignait que le succès de notre réclamation n'en éveillât beaucoup d'autres, (ce qui était vraisemblable) et que cela ne fût pas *terminé*, comme il l'avait répété mille fois à tous les réclamans, et à moi-même particulièrement, pour une retenue de 47,000 fr. qui, ne m'ayant été faite que *provisoirement*, ne pouvait être, quoiqu'il me l'eût assuré, *une affaire terminée.*

Monseigneur, qui se trouvait être notre adverse partie dans ce scandaleux procès, auquel il ne comprenait rien, ne disait pas comme le Petit-Jean des *Plaideurs*, « *quand je vois... quand je vois.* » Monseigneur ne voyait rien, absolument rien; mais M. Blanchard soufflait : *C'est une affaire terminée... graves conséquences...* et monseigneur d'après le souffleur Blanchard répétait : GRAVES CONSÉQUENCES.

Ces mots GRAVES CONSÉQUENCES n'ont peut-être plus aujourd'hui la même expression : mais alors

graves conséquences signifiaient, « qu'il fallait bien
» moins consulter les intérêts de la justice, que les
» égards que l'on croyait devoir montrer pour les in-
» venteurs, etc... ou bien qu'il pouvait bien y avoir
» injustice, mais qu'en administration on ne revenait
» pas sur des délibérations prises... » ou bien : « qu'il
» fallait creuser au centre de la terre pour y enfouir
» les erreurs, etc... (Notes et Pièces justificatives,
» no 20.)

Quel accord touchant ! quelle unité de vues, entre
des ministres, des magistrats, et même des députés !

Monseigneur ignorait, sans doute, (et je m'efforce
de le croire) que ses bureaux avaient eu l'impu-
dence de mettre en marge de notre requête au Roi
des renseignemens et même de prétendus extraits de
pièces, matériellement faux; une pareille bassesse
ne peut être que le fait d'agens subalternes: mais
lorsque nous lui avons dénoncé ces moyens honteux dans une brochure (*Réclamation contre une
spoliation*) que son silence peut-être m'a fait écrire,
dont l'existence n'a pu lui être cachée, qu'il avait
quelqu'intérêt de lire, et que je sais qu'il a lue,
pourquoi n'a-t-il pas puni les auteurs de ces notes
infâmes? Comment en a t-il laissé subsister l'effet?
Comment n'a-t-il pas prévenu et empêché le mal,
qui pouvait en résulter? Comment n'est-il pas re-
venu sur ces *graves conséquences*, quand, enfin, il a
reconnu que ses Bureaux l'avaient traité comme un
Géronte.

On peut en juger par un fait que je vais rapporter .

Une personne qui m'honorait de quelques bontés,
et qui avait accès près de S. Ex. veut bien faire une
démarche pour lui démontrer, même dans son

propre intérêt, qu'Elle était le jouet de ses Bureaux, et que nous ne lui dénoncions rien que de vrai, en nous plaignant des notes anonymes et perfides, dont ils avaient sali les marges de notre requête au Roi, etc.

Le Ministre lui écrit de sa main :

Monsieur,

» Le Roi ayant tenu conseil aujourd'hui, je n'ai » pu m'occuper de l'affaire qui vous intéresse, mais je » m'en ferai rendre compte demain ; je demanderai » les pièces qui sont entre les mains de M..... et je » vous prie d'être persuadé que je les examinerai » avec une attention toute particulière.

» Veuillez, je vous prie, agréer l'expression de la » haute considération, etc.

« Paris, le 11 novembre, 1816. »

Cette lettre paraît annoncer franchement que le Ministre avait l'intention de s'éclairer sur cette affaire ; une résolution aussi étrange, aussi nouvelle, répand l'alarme dans les Bureaux ; M. Blanchard, l'un des auteurs des notes anonymes, se remet à l'ouvrage : la lettre suivante qui doit être adressée à la personne qui avait eu la bonté de faire une démarche pour moi près du Ministre, est minutée en petit comité dans le bureau de M..., est mise au net dans celui de M. Blanchard ; le ministre est prêt à monter en voiture, le moment paraît opportun pour escamoter sa signature à son passage ; M. Blanchard hâte le copiste et le gourmande sur sa lenteur. Le ministre part, sans signer la lettre ; on remet au

lendemain; on surcharge la date du 13 novembre
dont on fait le 14; on met en tête: « *Cabinet particulier
du ministre,* » afin de cacher cette petite intrigue.

Mais mon *démon familier* a tout vu.

MARINE.   Paris, 14 septembre 1816.

Cabinet particulier du ministre.

Nᵒ 1149.

« Je me suis *fais rendre compte*, monsieur, de l'affaire du
« navire *the Two-Sisters*, et je me suis *assuré* qu'elle avait été,
« en vertu d'une ordonnance du roi, soumise à l'examen du
« Comité contentieux du conseil d'état, seule autorité suffisante
« pour juger s'il y avait lieu de réviser les *décisions rendues*
« *par l'ancien Conseil d'état, et sanctionnées par le gouverne-*
« *ment d'alors.* »

On vous fait dire dans cette lettre, monseigneur,
que vous vous êtes fait rendre compte d'une affaire
dont les pièces, d'après vous-même, n'étaient plus
dans les Bureaux de votre ministère ?

On vous fait dire que *vous vous êtes assuré* de ce
que vous saviez tout aussi bien, quand vous écriviez
l'avant veille: *Je demanderai les pièces...*

On vous fait parler de *décisions rendues par l'ancien Conseil d'état, sanctionnées par le gouvernement
d'alors;* on vous fait ainsi affirmer *la chose qui n'est
pas vraie,* puisqu'il s'agit au contraire *d'un travail
de vos bureaux,* revisé ou non, par une Commission
du conseil d'état, mais *qui n'a jamais été sanctionné
par le gouvernement d'alors.*

On vous trompe, et vous vous obstinez à ne vou-

loir, rien voir, rien examiner !.... « *c'est votre lé-*
» *thargie.* »

« Le jugement de cette affaire, soumise dans le temps à
« l'examen de Commissions prises dans le conseil d'état, a tou-
« jours été *étranger à mon département* qui n'a jamais eu et
« n'a aujourd'hui d'autres attributions que de faire exécuter
« les jugemens de cette autorité supérieure, quand ils sont
« revêtus de la sanction du gouvernement. »

Quoi, monseigneur, des pièces dissimulées par
vos bureaux à la Commission de révision, des faux
renseignemens fournis par eux, 70,000 francs demandés pour des avaries évaluées à 600 francs : tout
cela a été *étranger à votre département ?* J'en accuse
vos Bureaux, je les stigmatise, je les dénonce à l'o-
pinion et à vous-même; je le crie sur les toits et vous
ne m'entendez point !

« *C'est votre léthargie.* »

« Dans cet état de choses, *je crois devoir attendre le juge-*
« *ment qui sera prononcé; et je sortirais de la ligne qui m'est*
« *tracée,* en demandant communication des pièces que j'ai
« produites et dont mon département n'a été le *dépositaire*
« que comme gardien des archives des anciennes Commis-
« sions.

Recevez, monsieur, etc.,

Le ministre, etc.,

Signé LE VICOMTE DUBOUCHAGE.

Vos bureaux n'ont-ils été que *dépositaires,* quand
ils ont transmis à notre insu, depuis que vous oc-
cupez le ministère, des notes anonymes et perfides
et des extraits de pièces matériellement faux que
nous vous dénoncions? des faits aussi graves, arti-
culés d'une manière aussi positive, ne devaient-ils pas

fixer votre attention; ou j'étais un calomniateur, ou vous deviez chasser de vos bureaux des hommes infames, absolument indignes de votre confiance; vous paraissiez enfin le sentir; vous écrivez de votre propre main : *Je demanderai les pièces.... Je les examinerai avec une attention toute particulière...* Mais vos bureaux en sont informés; ils redoutent les explications; et deux jours après, ils vous font dire dans une lettre qu'ils datent faussement de votre *cabinet : Je sortirais de la ligne qui m'est tracée...*

« *C'est votre léthargie.* »

N'êtes-vous pas sorti vous-même, monseigneur, *de la ligne qui vous était tracée*, quand le 1er septembre 1816 vous avez écrit qu'il y aurait de *graves conséquences* à la révision de notre affaire? quand une pareille lettre de votre Excellence était pour les muets du Comité contentieux un ordre positif de nous *stranguler*? quand enfin vous avez laissé subsister l'effet des notes perfides et mensongères de vos Bureaux dont nous vous fournissions les preuves?

Et c'est dans cette position, c'est quand vous venez de conseiller ou plutôt d'ordonner une injustice atroce; c'est quand l'effet d'une pareille injonction et des documens imposteurs fournis par vos bureaux subsiste; c'est quand un arrêt inique et notre ruine doivent en être la conséquence, que votre Excellence vient nous dire : « *Dans cet de choses, je crois devoir attendre le jugement qui sera prononcé; je sortirais de la ligne qui m'est tracée....*

Non, monseigneur, malgré ma ruine qui ne me

rendra point injuste envers vous , malgré vous
même , c'est le crime de vos bureaux.

« *C'est votre léthargie.* »

§. VII.

*Loi précise en faveur des militaires présens sous les
drapeaux , et respectée par tous les tribunaux ,
violée par le Conseil d'état.*

Suite de l'Arrêt.

« Vu les conclusions additionnelles des sieurs. . . . ; en date
« du 9 septembre 1816. »

Ne doutant pas que les *graves conséquences*, an-
noncées par le Ministre à un tribunal (si toutefois
c'est un tribunal , composé de Conseillers d'état et
de Maîtres des requêtes qui n'étaient point du tout
indépendans , ne fussent considérées comme un
ordre positif de nous *étouffer* , nous présentâmes
une Requête additionnelle au Conseil d'état , pour
réclamer en notre faveur , l'exécution de la loi du
6 brumaire an 5 (*pièces justificatives* , n° 26).

Cette loi avait été rendue « sur la considération
« qu'il était aussi instant que juste , de prendre des
« mesures qui mettent les propriétés des défenseurs
« de la patrie et des autres citoyens , attachés au
« service des armées , à l'abri des atteintes que la
« cupidité ou la *mauvaise foi* pourrait y porter
« pendant leur absence. »

On croit en vérité, en lisant ce paragraphe, que
le législateur prévoyait à quelle espèce de gens nous
aurions affaire.

L'article 2 de cette loi porte : « qu'aucune pres-
« cription, expiration de délai ou péremption d'ins-

« tance ne peut être acquise contre les défenseurs
« de la patrie, pendant le temps qui s'est écoulé
« depuis leur départ jusqu'à l'expiration d'un mois
« après la paix générale. »

Cette loi dont l'exécution a été recommandée par
circulaires en 1806, et dont un décret du 6 mars
1807 a ordonné la publication dans le Piémont,
ainsi que dans les États de Gènes etc., a été en vigueur sans interruption depuis sa proclamation jusqu'à la paix générale, conclue à Paris en 1814.

Peut-il exister des hommes chargés de prononcer
sur la propriété, quelque désignation qu'on veuille
d'ailleurs leur donner, juges, commissaires, conseillers d'état, maîtres des requêtes, assez déhontés
pour ne pas vouloir reconnaître l'existence de cette
loi et les droits que nous avions, comme militaires,
à en réclamer l'application ?

§. VIII.

*Infamies des agens du pouvoir dénoncées par des écrits
et par des pétitions aux Chambres qui sont restées
muettes, et au Conseil d'état qui voulait être
sourd.*

SUITE DE L'ARRET.

« Vu toutes les pièces, mémoires, ordres et rapports respec-
« tivement produits et joints au dossier. »

Les pièces produites à l'appui de nos réclamations,
sont complètes, régulières et revêtues de toutes les
formes légales. Mais il en est trois sur lesquelles je
réclame plus particulièrement l'attention.

1° Sur notre *Pétition* adressée aux deux Chambres

et par suite imprimée et distribuée à chacun des membres; cette pétition leur exprimait nos justes inquiétudes que la loi du 6 brumaire an 5 ne fût violée à notre égard par le Conseil d'état (*pièces justificatives*, n° 25) qui, en vertu des monstrueuses attributions qu'il s'arrogeait, pouvait, d'après une décision rendue pendant que nous étions sous les drapeaux, nous *constituer* à son gré débiteurs du gouvernement, de créanciers que nous étions. On devine quel fut le succès d'une pareille pétition; ce fut *l'inévitable ordre du jour*. Je dois ajouter pour l'honneur de la Chambre des députés, que l'honorable rapporteur avait eu l'attention d'être si obscur, en l'entretenant de notre pétition, et qu'il avait réussi dans ce projet avec un si rare bonheur, que la Chambre ne dut certainement rien comprendre à son rapport, puisque nous mêmes n'avons jamais pu deviner ce qu'il avait voulu dire.

L'admirable garantie que le droit de pétition !

2° Une autre pièce assez remarquable, c'est *la lettre de M. l'ordonnateur en chef de St. Domingue*, qui évalue à 600 fr. des avaries qui auraient eu lieu sur le navire *l'Hector-Daure* (*pièces justif.* n° 32) et qu'on ne pouvait d'ailleurs m'imputer; les bureaux de la marine avaient cette lettre sous les yeux, quand ils proposaient de me retenir 70,000 fr. pour indemniser le gouvernement de ces avaries, pour lesquelles en résultat ils m'ont fait provisoirement retenir 47,000.

L'arrêt du Conseil d'état ne fait aucune mention de cette lettre, quoique nous l'ayons spécialement recommandée à son attention.

Les loups ne se mangent pas.

3°. Enfin la brochure intitulée : *Réclamation contre une spoliation, par deux officiers à demi-solde* (*Pièces , n° 27*), dénonçait des faits très graves ; cette brochure répandue dans les deux Chambres, envoyée à tous les Ministères, et à tous les Conseillers d'état, fournissait des preuves qui sont restées sans réplique, de la spoliation dont nous étions victimes , et des moyens odieux et infâmes employés contre nous par les Bureaux de la marine.

Les Chambres sont restées muettes et le Conseil d'état voulait être sourd !

§ IX.

Le Conseil d'état considère une proposition des Bureaux (qu'il lui a plu d'appeler une décision) comme définitive, parce qu'elle a été approuvée par une Commission qui ne l'a pas même lue , proposition qui d'ailleurs n'a point été précédée d'un débat contradictoire ; il viole ainsi le Réglement du Conseil d'état ; je le prouve par des éclaircissemens donnés sur ce Réglement par M. le Garde des sceaux.

Réflexions sur la Législation particulière du Conseil d'état.

SUITE DE L'ARRET.

« Considérant sur les réclamations des sieurs.... , relatives « au navire le *Two-Sisters* , que la décision du 15 décembre « 1810, qui rejette lesdites réclamations, est *définitive* et « qu'il n'y a plus lieu de revenir contre elle. »

J'arrive au Considérant qui déclare *définitive* la prétendue décision du 15 décembre 1810 , relative au navire *The Two-Sisters*.

5

Des gens moins respectueux que moi pour la juridiction contentieuse du Conseil d'état, pourraient se permettre quelques réflexions peu polies, et peut-être même des observations qu'on trouverait *factieuses*; tant le Conseil d'état est juste, infaillible et surtout légal !

Ils pourraient dire que depuis Figaro-Beaumarchais qui a dit : « *Tout juge qui ne motive pas son « arrêt, est un grand ennemi des lois,* » jusqu'à nos Cours prévôtales, qui jugeaient cependant assez lestement, tous nos tribunaux ont paru respecter assez la loi pour motiver son application; ils pouvaient en *torturer* le sens, ils pouvaient *l'interpréter*, quand cela leur était commode; mais ils ne se dispensaient jamais de la *citer*. Il en résultait plus de respect pour la chose jugée, et une sorte de pudeur pour le magistrat qui, dans beaucoup d'occasions, n'aurait pu la violer effrontément, sans que l'opinion publique en eût fait sur-le-champ justice.

« Justice.., c'est bon entre vous autres misé« rables, la justice. Je suis votre maître, moi, pour « avoir toujours raison; il n'y aurait qu'à permettre « à ces faquins-là d'avoir raison, vous verriez bien« tôt ce que deviendrait l'Autorité. »

Que répondre à un argument si victorieux, si puissamment administratif? qu'on y ajoute *les graves conséquences* mises en avant par le Ministère de la marine, à défaut de la loi, du décret, ou de la sanction qui auraient prononcé définitivement la déchéance et qui n'existent pas; on connaîtra les motifs de ce Considérant de l'arrêt, non d'après le droit,

Non docet hoc gemini nodosa scientia juris,

mais d'après le cours de jurisprudence des docteurs *Dubouchage* et *Bartholo*.

Aussi me garderai-je bien d'aller me frotter à
deux docteurs aussi rudes.

Je passe sur la bizarre composition de cette Commission du conseil d'état qui a prononcé une *décision
définitive*, dont je ne me serais jamais douté, si un
arrêt du Conseil d'état ne me l'apprenait.

Je passe sur l'inexplicable contradiction d'un
navire *reconnu américain* au premier degré de juridiction, et *condamné comme français*, au second.
Je passe sur cette inconcevable décision qui a rejeté
la réclamation des propriétaires d'un navire, sans
savoir le nom du navire, sans savoir le nom des
réclamans, et sans savoir enfin si ce navire était
américain ou français.

Les arrêts de l'Autorité sont impénétrables,
comme les décrets de la Providence; on ne peut que
se taire et admirer.

Mais je m'arrête à la voix d'un orateur de la
chambre des Députés :

« *Le réglement du Conseil est formel sur ce point*
« (dit-il); *comme il n'y a rien eu de contradictoire*
« *dans cette instruction, la partie qui se croit lésée*
« *peut se pourvoir par la voie du Comité contentieux.*
« *Là, l'instruction se fera contradictoirement; on lui*
« *communiquera les moyens de la régie, et elle four-*
« *nira ses défenses.*

Eh ! quel est donc cet orateur qui paraît tenir à
l'Administration, et qui prétend qu'un jugement,
pour être définitif, doit être précédé d'une instruction contradictoire; qui donne enfin un démenti
si positif à nos deux docteurs et au Conseil d'état?

5.

C'est monseigneur le Garde des sceaux , c'est son Excellence le Ministre de la justice ; c'est son premier, son plus pur, son plus fidèle organe ; c'est M. Pasquier.

Est-il possible !…. ces paroles de son Excellence sont-elles l'expression de son amour pour la justice?

Seraient-elles à son insu en opposition avec le *Règlement formel* qu'il a cité ?

Ne sont-elles enfin, qu'une escobarderie administrative ?

Je me reproche bien vite cette dernière question, et je repousse bien loin de moi une semblable idée ; mais elle se reproduit si naturellement, lorsque j'entends un Ministre assurer à nos honorables et bénévoles députés , que la partie qui se croit lésée par une décision qui n'a point été précédée d'une instruction contradictoire, « *peut se pourvoir par la* « *voie du Comité contentieux ; que l'instruction se* « *fera contradictoirement ;* » au moment même où je viens de recevoir une preuve aussi cruelle du contraire ; au moment enfin où je me sens encore tout froissé par l'arrêt le plus inique !

Qu'est-ce donc , grand dieu , que cette jurisprudence administrative !….

La jurisprudence administrative (me répond d'un ton magistral un ami qui est entré pendant mon exclamation, et qui a fait comme moi un cours ruineux de cette jurisprudence), *la jurisprudence administrative se* CONFOND *avec une* LÉGISLATION PARTICULIÈRE *qui se* COMPOSE *elle-même de* DÉCISIONS, *de* RÉGLEMENS, *D'*INTERPRÉTATIONS *que la* VARIÉTÉ DES CIRCONSTANCES *commande de* MODIFIER , *quand la* SAGESSE LE JUGE NÉCESSAIRE. »

Comprends-tu cela ?

— Non sûrement.

— Ni moi non plus ; je le répète mot à mot, comme je le tiens d'un membre du Conseil d'état qui, peut-être, ne l'entendait pas plus que nous. Je serais fort embarassé d'expliquer ce que c'est qu'une *législation* qui *se compose, se confond, se modifie* etc. Cependant l'esprit d'une pareille législation me paraît facile à saisir ; quelques exemples, pris dans ta propre affaire, vont t'en convaincre.

Existe-t-il une loi, un décret, une ordonnance qui aient statué définitivement sur les créances de Saint-Domingue ? la *déchéance* est-elle positive ? une *sanction* quelconque a-t-elle pu donner à cette *déchéance* un *caractère d'irrévocabilité* ?

— Non... Non... Non... Il n'existe ni loi, ni décret, ni ordonnance, ni sanction.

— Alors, il n'existe véritablement ni *déchéance*, ni *irrévocabilité*, et c'est précisément à cause de cela que le Conseil d'état par *interprétation* de sa *législation particulière*, prononce qu'il y a *déchéance*, et qu'elle a pris le *caractère d'irrévocabilité*.

M'entends-tu maintenant ?

— Pas trop.

— Passons à un autre exemple ; est-ce un fait bien constaté ? est-ce un bon Journal (celui de Paris, par exemple,) qui a recueilli ces paroles de S. Ex. » *le réglement du Conseil est formel sur ce point ; » l'instruction se fera contradictoirement.* »

— Parbleu, le discours a été prononcé à la tribune ; tous les journaux l'ont répété ; toute la France l'a entendu....

— Bon, il n'y a donc aucun doute ; *une instruction*

contradictoire est obligée de droit, et voilà justement pourquoi le Conseil d'état a *jugé nécessaire*
dans *sa sagesse de modifier* ce *réglement*, au moyen
de certaines *interprétations*, et de déclarer *définitive*
une décision qui n'a point été précédée d'une *instruction contradictoire*.

Me comprends-tu mieux à présent ?

— J'en doute; tout ce que tu me dis, paraît si
extraordinaire...

— Allons; encore un autre exemple, nous en
avons provision : tu es resté sous les drapeaux tant
que la France a compté des ennemis; *Cotentin*,
porteur de ta procuration, a été assassiné en ton absence, et tu n'as été ni entendu, ni représenté; n'as-
tu pas invoqué je ne sais quelle loi, en faveur des
militaires absens ?

— Oui, certainement; la loi du 6 brumaire an 5,
dont la lettre n'est pas moins précise en notre faveur
que le Réglement cité par S. Ex. le garde des sceaux.
L'art. 2 porte « qu'*aucune prescription, expiration*
» *de délai ou péremption d'instance ne peut être*
» *acquise contre les défenseurs de la patrie, pendant*
» *tout le temps qui s'est écoulé depuis leur départ*
» *jusqu'à l'expiration d'un mois après la paix gé-*
» *nérale.*

— J'entends; eh bien! c'est parce que cette loi
existe en faveur des militaires; c'est parce qu'elle
n'est pas tombée en désuétude; c'est parce que l'article 2 porte expressément, « qu'*aucune prescription,*
» *expiration de délai ou péremption d'instance, ne*
» *peut être acquise contre les défenseurs de la patrie,*
» *etc...* » que le Conseil d'état dans *sa sagesse a jugé*
nécessaire de modifier la loi, d'après la *VARIÉTÉ DES*

CIRCONSTANCES, et de déclarer *définitive* une *décision non définitive*, rendue pendant que tu étais sous les drapeaux.

Connais-tu maintenant l'esprit de la *législation particulière* du Conseil d'état?

— Oui, parfaitement; ne pas juger, mais *décider*, contre toute raison, contre toute justice, telle est cette *législation particulière*. Cependant, quand il existe une *erreur de fait* bien patente, bien prouvée, qui suffit de droit pour faire annuller partout tel jugement que ce soit, l'équité?....

— Jugement.... équité.... Eh! d'où viens-tu donc? Quel rapport cela peut-il avoir avec des décisions du Conseil d'état?

— Te moques-tu? Comment? Je prouve que j'ai pris en flagrant délit une main qui s'est trompée de poche, et qui par *malice, erreur* ou *distraction*, a vidé la mienne; je prouve que cette main a commis au moins une *erreur de fait*; et je ne serai point entendu!!

— Qui te dit que tu ne seras point entendu? Au contraire; tous nos Ministres (un seul excepté peut-être) t'accueilleront avec bonté, te plaindront, te promettront.... Puis le Conseil d'état *décidera* comme Basile que : « *Ce qui fut bon à prendre, est bon à....* » *garder.* »

— Es-tu fou?

— Je raisonne comme le Conseil d'état.

§ X.

Le Conseil d'état, décide et ne juge pas.
L'Administration dépouille arbitrairement un citoyen,
et quand il lui plaît de reconnaître et d'avouer la
spoliation, elle peut s'acquitter en payant les trois
huitièmes à peu près de ce que doit l'État.

Suite de l'Arret.

« Considérant sur la réclamation formée par le sieur Crevel,
« contre l'article de la *deuxième décision* du 28 mars 1811,
« qui met à sa charge la perte de 6,987 chapeaux avariés du
« Port au Prince au Cap, que cette décision n'a été rendue que
« *provisoirement*, et sauf examen ultérieur et définitif des
« pièces et preuves qu'elle laisse au sieur Crevel la faculté
« d'administrer, et procédant en conséquence à cet examen »;

La liquidation de l'Hector-Daure suvie de la
deuxième *décision du 28 mars 1811*, porte ces mots :

« *Le sieur Crevel, aujourd'hui capitaine de cuiras-*
« *siers, n'a pu donner des renseignemens....*

« *En conséquence... la Commission est d'avis...*
« *de lui faire supporter* provisoirement *la perte de*
« 6,987 *chapeaux...., sauf au sieur Crevel à rap-*
« *porter la preuve que l'avarie, etc.*

Il est évident que mon absence, reconnue, est le
motif qui a déterminé la Commission à ne prononcer
que *provisoirement*; les arrêtistes du Conseil d'état
ne parlent pas de ce motif. C'est trop discret !

Cependant le même motif de présence sous les drapeaux existait pour les propriétaires du *Two-Sisters*
comme pour ceux de l'*Hector-Daure*; le bon sens, la
justice exigeaient qu'il fussent admis comme co

dernier *à rapporter la preuve* des erreurs incroyables, qui ont eu lieu à leur préjudice; mais que sert d'invoquer la raison et la justice avec un Conseil d'état qui *décide et ne juge pas !*

« Considérant que dans un procès-verbal du 3o messidor « an 11, dont la régularité et l'authenticité sont reconnues par « la Commission de révision elle-même, les experts ont déclaré « que l'*avarie* des chapeaux était un événement de *force ma-* « *jeure,* et qui ne pouvait être imputé au sieur Crevel;

« Que d'ailleurs lesdits chapeaux ont été reçus sans protes- « tation et sans réserves dans les magasins de la Marine ; que « de plus le paiement du fret a été ordonné par le Préfet co- « lonial et touché par le sieur Crevel, et qu'enfin aux termes « de l'art. 435 du code de commerce, *toutes les actions contre* « *le capitaine et les assureurs pour dommage arrivé à la* « *marchandise, sont non recevables,* si elle a été reçue sans « *protestation.* »

Ce paragraphe et le suivant prouvent qu'on ne pouvait m'imputer ces avaries. S'étonnera-t-on de mon indignation, quand il est enfin prouvé par un arrêt même du Conseil d'état dont je n'ai pas sujet de m'applaudir, que cette répétition d'avaries était une invention infernale pour m'extorquer, et pour extorquer à mes amis des sommes considérables. De légères avaries qu'on ne pouvait même m'impu- ter, sont évaluées pouvoir être réparées avec 6oo f. par M. l'Ordonnateur de Saint-Domingue, et les Bureaux du ministre de la marine proposent de re- tenir sur des paiemens à me faire, la somme de 70,000 francs pour en indemniser le gouverne- ment!....

Une commission du Conseil d'état abusée par les Bureaux, réduit cette retenue à 47,000 francs; puis informée qu'alors j'étais capitaine de cuirassiers, et sous les drapeaux, elle ne prononce que *provisoi-rement*, pour que je puisse réclamer à mon retour ; et cependant les Bureaux de la marine me répètent pendant trois ans que cette retenue de 47,000 est *définitive* et *irrévocable*.

Enfin, l'arrêt du 2 décembre 1816 me rend 47,000 francs ; mais l'ordonnance de paiement n'a pu être délivrée qu'à la fin de 1818, époque où cette somme de 47,000 francs en Inscriptions n'en a plus représenté réellement que 32,000 en écus ; la justice administrative d'ailleurs n'accorde pas le paiement des intérêts, de sorte qu'avec 47,000 fr. que le Conseil d'état lui-même reconnaît avoir été injustement retenus, je ne puis acquitter une dette de 20,000 francs, contractée à Saint-Domingue, pour compléter l'achat des vivres pour des soldats et employés français, échappés au massacre parce que je les avais recueillis sur le navire *the Two-Sisters*; dette qui, depuis quinze ans, s'est élevée par les intérêts à plus de 40,000 francs.

Je fais grace de tous les abus odieux et vexatoires familiers aux agens de l'Autorité ; je me borne à demander comment une maison de commerce se fût libérée en sa place ?

Elle eût payé de capital . . . . . . 47,000 fr.
Intérêts de quinze ans, au moins. . 40,000
                                     ———
                                     87,000

Le gouvernement paie 47,000 francs en Inscriptions sans intérêts qui valent 32,000

Différence réelle. 55,000

Il faut d'après cela, que les orateurs du gouver-

ηement comptent beaucoup sur notre bonhomie, et
sur leur gravité, quand ils annoncent à la Chambre
des députés, avec un sérieux quelquefois fort co-
mique, que « le gouvernement veut acquitter les
« dettes de l'État, comme un particulier honnête
« homme. »

Sans doute les honorables députés qui ne man-
quent jamais d'applaudir ces belles phrases, ont des
raisons pour les trouver bien sonnantes, et n'ont
rien à l'arriéré.

Existe-t-il deux manières de s'acquitter?

Le négociant qui doit 47,000 francs depuis quinze
ans, peut-il s'acquitter avec moins de 87,000 fr.

Si cela est, il est un fou de les donner; mais si la
somme de 87,000 francs n'est que ce qu'il doit ri-
goureusement payer, s'il ne paye que l'intérêt légal,
quel nom donner à un débiteur, quel qu'il soit, qui
prétend s'acquitter avec 32,000 francs, et qui fait
réellement tort à son créancier d'une somme de
55,000 francs, légitimement due.

J'en appelle à l'honorable député qui a dit : « la
« plus forte garantie des citoyens est dans la moralité
« des ministres; ils ne favoriseront pas l'arbitraire de
« leurs agens. »

J'en appelle à tous les héros de la question préa-
lable, de l'ordre de jour qui, pour me servir de
l'expression du bon La Fontaine (fable du Lion et de
l'Ane chassant), ont si bravement crié.

Vous ne pensiez pas comme ces braves, ô cheva-
lier Georges Saville, lorsque, représentant du Comté
d'Yorck à la Chambre des communes, vous en avez
foudroyé les ignobles ventrus en ces termes.

« *Je ne dis pas que cette Chambre des communes a*
« *par bassesse , par méchanceté , par corruption ,*
« *trahi ses constituans ; mais je dis que vous , cette*
« *Chambre, vous la Chambre actuelle des communes,*
« *vous avez trahi vos constituans* ».

Jamais notre Chambre des députés ne méritera
sûrement un pareil reproche; et nous y trouverions
au besoin plus d'un *George Saville.*

§. XI.

En administration tout est DÉFINITIF OU PROVISOIRE,
selon le BON PLAISIR du Conseil d'état.

Tous les créanciers de Saint-Domingue sont injuste-
ment dépouillés.

Le Conseil d'état n'est point un tribunal et doit cesser
enfin de prononcer sur la propriété.

SUITE DE L'ARRET.

« Considérant sur le troisième chef de réclamation relatif
« à l'affrètement du 17 ventôse an 11, que la partie de la
« décision du 28 mars 1811, qui a rejeté ledit chef de récla-
« mation, est *définitive.*

Puisque l'Administration refuse copie de ses décisions, n'est-il pas permis de douter qu'une partie de
cette décision du 28 mars 1811 soit *définitive?* ne
puis-je pas supposer que le mot *provisoirement* a été
omis, ou graté dans les Bureaux du ministère de
la marine ? je leur ai reproché des vérités si honteuses qu'ils me passeront cette innocente supposition; qui d'ailleurs n'est pas sans motif, comme on
va le voir.

La Commission de révision a, par sa décision du 28 mars 1811, reconnu et constaté mon absence; c'est pour cela qu'elle n'a prononcé sur les avaries que *provisoirement*.

Ce motif étant bien reconnu, comment une partie de la décision peut-elle être *définitive*, quand l'autre partie n'est que *provisoire*?

On est au moins assuré d'une chose avec l'Administration, c'est que, soit *définitivement* soit *provisoirement*, on est toujours ruiné réellement.

En résultat, voici, malheureux créanciers de Saint-Domingue, comment elle a DÉCIDÉ sur la majeure partie de vos réclamations.

Des agens de l'Autorité vous ont-ils dépouillés de votre fortune par des *réquisitions*? l'Administration les aura désignées comme *fournitures*.

Vous aurez protesté que ce sont de vraies *réquisitions*, bien frappées, bien violemment arrachées, qu'à défaut d'y avoir obtempéré de suite, vous eussiez couru le danger d'être fusillés ou attachés par le poignet avec un nègre et noyés de compagnie, pendant la nuit toutefois pour éviter le scandale; on vous aura d'abord répondu en termes édulcorés que les *réquisitions* sont, comme les *fournitures*, des articles de dépense, que le nom ne fait absolument rien à l'affaire; et vous vous serez rendus à d'aussi bonnes raisons.

Vous avez ensuite présenté une Pétition en temps utile; vous vous êtes bien gardé de rien omettre; l'Administration est, vous le savez, d'une rigidité effrayante; enfin, votre réclamation est éminemment juste, vous avez produit à l'appui des pièces régulières, légales, irrécusables; vous vous at-

tendez à toucher une ordonnance de payement ?....
on vous répond..... REJETÉ.

Votre créance avait-elle été reconnue, liquidée
et enfin payée dans la colonie en mandats sur le
Trésor ? oh ! alors c'est bien différent : point de demandes à faire, point de pièces à fournir; vous
n'avez qu'à présenter vos mandats; on les examine,
on les vérifie, on les trouve parfaitement d'accord
avec les bordereaux qui en donnaient avis; puis, on
les batonne, on vous les rend, (ce qui est sûrement très-honnête) et on vous dit..... ANNULÉ.

Vous n'avez pas présenté de pétitions aux Chambres ? vous auriez eu tort; l'autorité ne les aime
pas. Que sert d'ailleurs de la heurter, pour n'obtenir
en résultat qu'*un inévitable ordre du jour*, ou pour
qu'un honorable dise de vous, que *comme fournisseurs vous avez pris part aux dilapidations* des agens
du pouvoir qui vous ont tout ravi !.... On sait bien
qu'une pareille assertion est aussi absurde qu'indé-
cente, et qu'elle tombe de soi-même; mais enfin
c'est toujours désagréable.

Vous consultez enfin un jurisconsulte qui vous
apprend, qu'il existe un décret du 22 juillet 1806,
dont l'article 40 est ainsi conçu:

« *Lorsqu'une partie se trouvera lésée dans ses
« droits, ou sa propriété, par l'effet d'une décision
« de notre Conseil d'état rendue en matière non-con-
« tentieuse, elle pourra nous présenter requête, pour,
« sur le rapport qui nous en sera fait, être l'affaire
« renvoyée, s'il y a lieu, soit à une section du Conseil
« d'état, soit à une Commission.* »

Eh ! vite; hâtez-vous de profiter d'un recours en
révision qui vous est garantie par un décret dont

les termes sont aussi précis et aussi positifs en votre faveur; ne craignez pas de dépenser 100 louis qui vous restent, ou que vous emprunterez, pour payer les frais de l'instance; chargez vite un Avocat aux conseils du Roi, de présenter une Requête à S. M.; alors vous obtenez un arrêt du Conseil d'état qui vous apprend qu'une *Commission inconnue*, nommée par un *décret inconnu*, a prononcé certaines *décisions inconnues* aussi, et que même vous ne connaîtrez jamais, qui ont, *à ce qu'on vous dit*, prononcé votre ruine, sans que vous vous en doutiez: et pour que vous n'en doutiez plus, on vous informe que le Conseil du Roi, sans procéder d'ailleurs à la révision de ces décisions, justement sollicitée par vous, les a par son arrêt jugées *définitives*.

C'est l'équité des Vautours.

Il ne faut pas cependant se laisser rebuter par un pareil arrêt.

Les violens abus passent comme les orages.

Peut-être fallait-il pour que l'injustice fût détrônée, qu'elle franchît ainsi toutes les bornes de l'absurde?

Peut-être fallait-il, pour que ce despotisme fût renversé, que son mépris stupide pour chaque individu, le rendît enfin odieux et insupportable à tous? C'est justement ce qui est arrivé.

Les vexations des Agens du pouvoir, leurs arrêts toujours ruineux pour les intéressés, toujours insultans pour la nation, ont fini par l'exaspérer; un cri général d'indignation s'est élevé contre l'Administration.

Il a pénétré jusque dans le Conseil d'état, et tel est l'empire de la justice et de la raison, que des

Conseillers d'état, des Ministres même l'ont entendu et l'ont répété !.. (*Pièces justificatives*, n° 21.)

Le Conseil d'état, il faut l'espérer, ne rendra plus de pareils arrêts, ou plutôt le Conseil d'état se verra forcé de céder au vœu de toute la France, et au cri général de l'opinion, en se dispensant de prononcer sur la propriété.

§. XII.

Dispositif de l'arrêt.

« Notre Conseil d'état entendu, nous avons ordonné et ordonnons ce qui suit :

ARTICLE Ier.

« Les réclamations des Sieurs...., contre la décision de la « Commission de révision des créances de Saint-Domingue, « du 15 décembre 1810, *sont rejetées.*

ARTICLE II.

« La décision de ladite Commission en date du 28 mars 1811, « est réformée dans le chef qui met provisoirement à la charge « du sieur Crevel la perte de 6,987 chapeaux.

« En conséquence il est alloué au sieur Crevel la somme de « 47,162 francs de ladite avarie.

« Le surplus de ladite décision continuera à être exécuté se- « lon sa forme et teneur.

ARTICLE III.

« Nos Ministres secrétaires d'état des Finances et de la Ma- « rine, chacun en ce qui les concerne, sont chargés de l'exécu- « tion de la présente ordonnance.

« Approuvé le 11 décembre 1816.

« *Signé* LOUIS.

« Par le roi,

« Le chancelier de France,

« *Signé* D'AMBRAY.

À cette partie de l'arrêt , j'aperçois le nom du Roi , et le respect m'arrête :

« *Tout le bien vient du Roi , tout le mal est des ministres.* »

C'est M. Decazes qui l'a dit ; pour cette fois , *il a dit vrai* :

The King can do no wrong.

§. XIII ET DERNIER.

RÉSUMÉ : *Infamies du Ministère de la marine ; iniquité du Conseil d'état ; spoliation prouvée. — Pilori moral. — Jurisprudence administrative : le malheureux dépouillé et volé subit la peine du voleur. Les chemins tortus deviendront droits ; ainsi soit-il.*

ON a vu dans cet Exposé que LES BUREAUX DE LA MARINE (qu'on a nommés au besoin Commission de liquidation , parce qu'un Conseiller d'état, *tout seul* , n'a pas rougi d'apposer sa signature à une proposition de rejet aussi injuste qu'inepte) *ont donné un exemple , inouï peut-être , d'injustice et de mauvaise foi :*

1° *En refusant le paiement du navire américain* The Two Sisters , de Philadelphie , mis en *réquisition* par les Agens du gouvernement français, dont *l'estimation* avait été régulièrement faite par les mêmes agens pour le cas de *force majeure* ; pris par les anglais , quand il était chargé de *soldats et d'employés français* qu'il dérobait aux poignards des Nègres ;

et condamné enfin par l'Amirauté à Kingstown (Jamïque) parce qu'il avait obtempéré aux ordres du

6

gouvernement français de St-Domingue, quand il aurait pu suivre *sa destination, sans molestation,* en vertu de l'article 6 de la capitulation du Cap ;

2o *En refusant le paiement des surrestaries et du loyer* pendant 67 jours que le navire avait été retenu par suite de la *réquisition* ; quand le refus du paiement du navire, même fondé, ne pouvait dispenser d'en payer la rétention et l'emploi.

3o *En refusant le paiement des vivres fournis aux passagers du gouvernement,* achetés dans un port bloqué, et dans une Colonie affamée ; quand les *ordres de passage* avaient impérieusement obligé de les fournir ; et quand le *vu-débarquer* de l'Inspecteur de la colonie prouvait que les passagers les avaient reçus, et qu'il en approuvait le paiement.

On a vu que l'arrêté de la Commission de révision du 24 décembre 1811, annexé au rapport des BUREAUX DU MINISTÈRE, sur la réclamation de MM. Ve St. Jean et compagnie du Hâvre, armateurs des navires *la Catherine Adélaïde* et *la Sophie,* regardés comme bâtimens français, ne pouvait être applicable au *navire américain The Two-Sisters* ;

Que l'arrêté de la Commission de révision qui rejette la réclamation du *Two Sisters* ne porte ni le nom de ce navire ni celui des propriétaires ;

Que *la Commission a été évidemment trompée par les BUREAUX DU MINISTÈRE DE LA MARINE,* qui ont eu recours à un escamotage honteux et coupable.

On a vu que ces mêmes BUREAUX ont, dans l'affaire l'*Hector-Daure*, proposé de retenir 70,000 fr. pour des avaries mises à ma charge ;

Que la Commission de révision continuellement trompée par les *BUREAUX* a commis une nouvelle erreur, en me retenant provisoirement 47,000 fr. ;

Que ces avaries avaient été évaluées à 600 fr. à St.-Domingue ;

Que la pièce qui le constatait, a été dissimulée à dessein par les BUREAUX;

Qu'aujourd'hui, il est enfin reconnu par un arrêt que je ne les devais pas ;

Que les BUREAUX m'ont refusé constamment copie des décisions qui me concernaient et qui m'auraient dévoilé leurs infamies ;

Qu'ils m'ont enfin répété pendant trois ans, qu'une décision *provisoire* qui me retenait 47,000 fr. était *définitive*.

On a vu que dans les renseignemens fournis par les BUREAUX DU MINISTÈRE DE LA MARINE en 1816 au Comité contentieux du conseil d'état relativement au navire *The Two Sisters*, il n'a pas existé plus de loyauté que dans ceux qui ont été fournis par les mêmes BUREAUX à la Commission du conseil d'état en 1810 et 1811 ;

Que des moyens illicites et honteux ont été employés, tels que *notes anonymes* ;

Dissimulation de pièces ;

Extraits faux.

On a vu que son Excellence LE MINISTRE DE LA MARINE (M. le vicomte Dubouchage) a connu l'existence de ces infâmes moyens;

Qu'il leur a donné son approbation, en n'en empêchant pas l'effet, en écrivant même à son Excellence le garde des Sceaux qu'il y aurait de *graves*

6.

conséquences à revenir sur la décision de la Commission du conseil d'état relative au *Two Sisters*.

On a vu que nous avons vainement réclamé près du CONSEIL-D'ETAT contre l'*irrégularité de l'instruction*;

Contre des *avis anonymes* mis en marge de notre Requête ;

Contre des *notes fausses* qui paraissaient extraites de pièces importantes ;

Contre des *notes secrètes* mises au crayon dans l'intention évidente de nuire au succès de notre réclamation , et qu'on a fait disparaître , avant de nous communiquer les pièces qui en avaient été dépositaires ; enfin contre la *fin de non-recevoir* que nous a opposée le ministère de la Marine , sous le nom de *graves conséquences*.

On a vu que le CONSEIL D'ETAT a refusé la révision d'une décision basée sur une *erreur de fait*, reconnue; qu'il l'a déclarée *définitive* ; qu'il a méconnu le *décret du 22 juillet 1806*, et le *règlement formel* cité par mönseigneur le Garde des sceaux, qui portent en substance qu'une décision ne peut être réputée *définitive* qu'à la suite d'une *instruction contradictoire ;*

Qu'il a méconnu la *loi du 6 brumaire an 5* , qui garantissait la propriété des militaires, pendant qu'ils étaient sous les drapeaux.

Et quant aux 47,000 fr. qu'il reconnaît lui-même avoir été retenus injustement pendant quinze ans, lorsqu'il en ordonne le paiement en valeurs dépréciées et sans intérêts , il est évident qu'il *fait aux réclamans un tort réel de* 55,000 fr.

Il est donc PROUVÉ,

Qu'il y a eu SPOLIATION ;

Que le Ministère de la marine l'a ordonnée ;

Que le Conseil d'état l'a servilement prononcée dans un arrêt d'autant plus inique, que la décision qu'il a déclarée *définitive,* repose sur une *erreur de fait* qu'il n'a pu s'empêcher de reconnaître.

Que des Agens du pouvoir, que des Conseillers d'état (sauf quelques exceptions, car il en est de fort honorables), d'après leur manière de penser et de sentir, ne se soient pas doutés qu'un armateur qui (sans parler de ses peines, de son dévouement, et de ses dangers,) a consommé le sacrifice de sa fortune pour conserver à son pays 8 à 900 français menacés d'une mort inévitable et cruelle, méritait au moins de n'être pas plus maltraité que des étrangers ; cela ne m'étonne pas ! La mémoire du militaire français est dans le cœur, mais je ne sais encore où est placée celle de certains Conseillers d'état.

Que des Agens du pouvoir aient calomnié notre vieille armée ; que depuis qu'ils ont retourné si lestement leur habit, ils aient horriblement maltraité ces mêmes hommes qu'ils enlevaient naguère à leur famille, à leurs affections, à un état qui leur eût assuré pour leurs vieux jours une existence heureuse, paisible ou au moins quelque repos ; qu'ils les aient persécutés sans pudeur, pour avoir servi sous Napoléon, après les avoir arrachés de leurs foyers pour suivre Napoléon ; qu'ils les repoussent encore aujourd'hui ; qu'ils se disent les appuis du trône, après avoir *prononcé l'arrêt de tous les trônes ;*

(*Pièces justificat.*, *n°. 22.*) cela n'étonne point dans un homme du pouvoir; c'est égoïsme et lâcheté.

Mais, que des Agens du pouvoir n'aient pas rougi de ressembler à ces valets d'armée qui désirent et qui épient la mort du soldat pour lui arracher son dernier vêtement; que pendant que deux officiers français étaient en face de l'ennemi, ils aient calculé, dans le calme des Bureaux, les chances de la guerre et de leur retour peu probable, qu'ils les aient enfin regardés d'avance comme des cadavres qu'ils pouvaient dépouiller impunément, voilà l'infamie! voilà le crime!

Et le Conseil d'état de Louis le Désiré qui, d'après la volonté bien fortement prononcée de ce monarque et dans l'intérêt même de l'Administration, devrait rechercher et punir ces honteuses turpitudes, les défend, les couvre de son égide; la spoliation est reconnue, est prouvée; il la consacre; il la rend définitive; il ne punit pas les spoliateurs, il devient lui-même spoliateur; le prix du crime est acquis à l'Etat; il viole, à cet effet, le *réglement formel* du Conseil, parce qu'il trouve de *graves conséquences* à dévoiler une injustice! Enfin la loi qui doit rassurer tous les militaires français sur la conservation de leurs propriétés, pendant qu'ils sont sous les drapeaux, est méconnue par les Agens d'un gouvernement qui peut réclamer à tous momens le secours de leurs bras, et le sacrifice de leur vie! Alors ce n'est plus injustice, ce n'est plus despotisme; c'est stupidité!!!

Il est vrai que l'arrêt du 2 décembre 1816 n'est point à la rigueur l'ouvrage du Conseil d'état qui *adopte* toujours ce que propose le Comité contentieux.

Il est encore vrai que, dans cette affaire, le Comité contentieux n'a été lui-même que *l'instrument passif* du Ministère de la marine.

C'est donc sur ce Ministère que doit retomber toute la honte; c'est pour lui qu'il faut élever un pilori moral; c'est sur lui qu'il faut clouer cet écriteau infâme : SPOLIATEUR.

Essaiera-t-il de se justifier? c'est impossible.

Osera-t-il m'attaquer? ... je suis prêt, je prends mon sabre et je taille ma plume.

S'adressera-t-il aux tribunaux?

Quelques *mois de secret*, et je suis à mon aise.

Dans les tribunaux, au moins, on peut se défendre; les juges et l'opinion m'entendront; la voix d'un vieux soldat, outrageusement traité, trouvera toujours de l'écho en France. Les débats d'un tribunal ne seront pas secrets; ils n'auront pas lieu en l'absence des parties, ni de leurs conseils, comme dans ce qu'on appelle, en style administratif, une instruction contradictoire au Conseil d'état.

Des notes anonymes, des faux extraits de pièces, n'y seront point accueillis, comme au Conseil d'état.

La réplique sera permise; je ne serai point condamné sans être entendu, comme au Conseil d'état.

Les arrêts du Tribunal porteront l'article de la loi qui leur servira de base; et là, on n'ose pas la violer comme au Conseil d'état.

Dans quel Tribunal ma partie adverse eût-elle osé avancer qu'il y avait de *graves conséquences* à revenir sur une spoliation dont je l'accusais et dont je fournissais la preuve ?

Dans quel Tribunal eût-elle osé s'asseoir avec mes juges, et dicter ses volontés comme un arrêt, sans que j'eusse le droit de la récuser ? (*Pièces*, n° 23.)

Ces procédures monstrueuses ne se voient qu'au Conseil d'état.

Mais ce n'est point assez d'être victime d'un arbitraire intolérable, et de la plus atroce spoliation ; il faut encore s'entendre calomnier par le Ministère de la marine, qui, pour justifier son administration spoliatrice, ose accuser de dilapidations, ceux-mêmes que ses agens ont affreusement dépouillés !....

Je suppose qu'un agent de l'autorité (le bourreau) poursuit un malfaiteur condamné à la flétrissure.

Ce malfaiteur, grâce à la négligence de l'agent, et peut-être son complice, parvient à s'échapper et disparaît dans la foule.

L'agent veut à toutes forces montrer du zèle ; il lui faut un dos, il le lui faut absolument.

Il en entrevoit un presqu'entièrement nu, au milieu d'un groupe ; il y court, fend la presse, et marque... un pauvre diable, totalement dépouillé, quelques jours auparavant, par le malfaiteur qui vient de s'évader.

C'est une *erreur de fait*.

« Eh ! quoi ! monsieur l'Agent (s'écrie le malheureux qui sent *vivement* qu'on a pris son épaule pour celle du malfaiteur), c'est ainsi qu'on fait maintenant justice en France ? »

La foule se grossit. On devrait bien envoyer aux

galères tous ces Agens trop *zélés* (*dit l'un*). — On ne le punira pas; il s'en tirera comme les piqueurs (*dit une jeune fille*). — Le plus sûr est de l'assommer (*dit un troisième*). — Non messieurs, répond un autre spectateur; assommer n'est bon à rien, les lois sont là; il faut qu'il présente une pétition, afin d'obtenir un emplâtre pour son épaule brulée, et...

Alors on voit paraître un nouveau personnage; il s'avance gravement; il jette un regard *de mépris* sur le *séditieux* qui a osé proposer de suivre la ligne tracée par les lois; puis il s'exprime ainsi :

Hum... hum...« *le pétitionnaire est dans une situation intéressante ... Il était riche.... il n'a plus rien.... il n'a pris aucune part aux dilapidations....*

« *Mais il a à lutter contre la* RAISON D'ETAT....

« *La mesure* (dont il se plaint) *pouvait être un acte arbitraire; mais elle n'était contraire ni aux lois de la justice, ni à celles de la raison....*

« *Elle pouvait froisser des intérêts particuliers; mais elle était dictée par les circonstances....*

« *Elle a pris le* CARACTÈRE D'IRRÉVOCABILITÉ (Notes et pièces, nº 1).

Un des auditeurs se permet quelques observations dans l'intérêt du réclamant; mais l'orateur prouve que des dilapidations ont réellement eu lieu, et que ce malheureux doit en être puni, quoiqu'il n'y ait *pris aucune part.*

A cette singulière conclusion, des murmures et quelques éclats de rire se font entendre *à droite et à gauche;* mais tout cela se trouve couvert par de bonnes grosses voix bien pleines, bien nourries, bien retentissantes qui partent *du centre* et répètent bravo! bravo! bravo !

Telle est l'histoire des créanciers de Saint-Domingue.

Et lorsque des milliers de familles sont livrées à
toutes les horreurs de la misère et du désespoir par
les arrêts très-*conséquens* de cette dévorante Administration, un Ministre ose dire :

« Où donc est-il cet arbitraire dont on accuse
quelques Ministres ? quel est le sujet du Roi qui ait
eu à en souffrir dans sa personne ou dans ses propriétés…..? Et n'est-on pas heureusement réduit à
l'impossibilité d'en citer un seul ? »

Il ne faut pas au reste prendre au sérieux ces paroles de son Excellence.

Molière a dit : *Voilà un docteur qui réussira ; car il
est bouffon :* son Excellence, qui, dans ses attributions
de police, a fait comme Préfet et comme Ministre
plus d'une expérience sur la nation, sait tout aussi
bien que *Molière* combien elle aime à rire et comme
elle se prête à la plaisanterie ; Monseigneur n'était
pas homme à négliger un pareil moyen de succès ;
aussi, sans même en excepter *Labrosse* et *Olivier le
Daim*, qui, dans leur temps, jouèrent comme Monseigneur un grand rôle à la Cour, et dans les Conseils,
qui d'abord firent la barbe, ensuite la loi, et mon-
tèrent enfin au *gibet* par tous les échelons de la faveur, jamais on ne vit ministre plus plaisant, ou plus
plaisant ministre ; à travers toutes les petites drôleries
de son Excellence, on aperçoit bien quelques mil-
lions qui offrent une espèce de réalité ; mais sa *roche
tarpéienne*, son *honneur* (de tribune), sa *probité*
politique, sa *bascule*, ses *Correspodances privées*,
ses *conspirations*, ses *grandeurs*, ses *mépris* ; tout

cela est réellement très-plaisant, et le docteur de
Molière n'était pas plus bouffon que Monseigneur.

Mais, était-ce bien dans la Chambre des Pairs qui
réunit tout ce que notre belle et glorieuse France
offre de plus vénéré, de plus illustre, était-ce bien
DEVANT SES JUGES que ce Ministre osait se flatter
d'étouffer des milliers de voix accusatrices, en em-
ployant d'impudentes dénégations et une insultante
ironnie.

Têtebleu! dans toute la France,
Il n'est point assez de sifflets,
Assez de bonnets d'ânes, assez de camouflets,
Pour tant de ridicule et tant d'impertinence.

A-t-il pu penser que la noble Chambre pourrait
condescendre à soutenir ce pitoyable système de
déception, d'arbitraire et de spoliation?

Non, sans doute; alors comment a-t-elle dû le
juger?

Et vous, Députés fidèles, si long-temps généreux!
si long-temps déçus! Honorés de la confiance de
vos départemens, chargés de la défense de leurs
droits et de l'expression de leurs vœux, vous ne
tournerez pas contre ceux dont vous êtes les man-
dataires, les armes qu'ils ont confiées à votre
loyauté?

Vous n'affirmerez pas (d'après des renseignemens trop officieux, fournis par un Ministère
intéressé), à la France qui vous entend et à son Roi
qui fut trompé comme elle, que des malheureux
cruellement dépouillés, entièrement ruinés par
des réquisitions violemment arrachées, sont des

fournisseurs qui ont pris part aux dilapidations de ceux qui leur ont tout ravi.

Vous n'affirmerez pas que la *déchéance* prononcée contre des créanciers dignes de quelque intérêt, a pris aujourd'hui le caractère d'irrévocabilité, parce que cette mesure était dictée par les circonstances.... et parce qu'un acte arbitraire n'est contraire ni aux lois de la justice, ni à celles de la raison!...

Forts de l'opinion de toute la France, repoussez avec horreur ces traditions jésuitiques; et lorsque, à l'appui de leur déplorable système d'administration, des Ministres vous diront avec Escobar et Lessius, que *des biens acquis par des voies honteuses, des actions sales, des arrêts injustes, et par des homicides enfin, sont légitimement possédés et qu'on n'est point obligé à restituer* (Notes et pièces, n° 24), rappelez leur que la justice n'est pas seulement leur premier devoir, mais qu'elle est aussi leur premier besoin.

Rappelez leur que la voie constitutionnelle est pour eux la voie du salut.

Ne leur dissimulez pas, dans leur propre intérêt, qu'ils s'occupent trop de leur fortune et de l'établissement de leur famille, et pas assez du service du Roi et du bonheur de la France.

Qu'ils reconnaissent enfin *la voix de Dieu* dans ce cri universel de la France qui leur répète comme à vous : *Préparez la voie du Seigneur; rendez droits ses sentiers;*

Que vos chemins tortus deviennent droits, et les raboteux unis ;

Et chacun verra le Sauveur, envoyé de Dieu.

Ainsi soit-il.

NOTES ET PIÈCES.

———

(1)

Séance de la Chambre des députés (18 mars 1819).

M. le rapporteur de la commission des pétitions a dit :

« Le sieur Gontier de Paris demande qu'il soit fait une nou-
« velle révision des mandats de Saint-Domingue, et qu'il soit
« présenté un projet de loi pour en régler la liquidation.

« Le pétitionnaire est dans une situation intéressante; il
« était riche colon à Saint-Domingue et il n'a plus rien; *il est*
« *porteur de mandats qu'il paraît avoir acceptés dans la*
« *bonne foi, et il n'a pris, comme fournisseur, aucune part aux*
« *dilapidations qui ont motivé l'annulation des mandats.*

« Mais il a à lutter contre la *raison d'état et la jurisprudence*
« *de la Chambre qui ne permettent pas de revenir sur des*
« *déchéances prononcées par l'ancien gouvernement;* et de
« plus, messieurs, il faut le dire , *la déchéance encourue par*
« *les porteurs de mandats de Saint-Domingue, pouvait être un*
« *acte arbitraire, mais elle n'était contraire ni aux lois de la*
« *justice, ni à celles de la raison.* Je me permettrai de vous
« soumettre à ce sujet quelques réflexions.

« Les Administrations de l'armée de Saint-Domingue avaient
« été autorisées à tirer des mandats sur le Trésor; mais ce
« crédit était limité à 2,000,000 francs par mois, et *il résulte*
« *des renseignemens qu'a* DAIGNÉ *nous fournir Son Excel-*
« *lence le ministre de la marine, que les dépenses furent*
« *poussées à un degré effroyable; qu'on avilit la valeur des*
« *traites à force d'en émettre; qu'on en jeta dans le mois ,*
« *pour* 41,000,000 *dans le commerce, quoique le crédit ouvert*
« *ne fût que de 2,000,000 francs par mois :* au retour de l'ex-

« pédition , toutes les Bourses du royaume regorgèrent de ces
« mandats. *Le gouvernement en fut effrayé ; il les annulla et*
« *soumit les créances qu'elles représentaient à une liquida-*
« *tion qui fut réellement faite. Il se trouva une différence de*
« *25,000,000 francs* (1) *entre la valeur nominale des traites*
« *et le montant de cette liquidation.*

« *Cette mesure pouvait froisser des intérêts particuliers ;*
« *mais elle était dictée par les circonstances ; elle a pris au-*
« *jourd'hui, comme toutes les déchéances , le caractère de*
« *l'irrévocabilité.* La Commission vous propose l'ordre du
« jour.

« *M. de Villèle* demande quelques explications dans l'inté-
« rêt du pétitionnaire.

« *M. le rapporteur fortifie par de nouveaux détails le ta-*
« *bleau des dilapidations des fournisseurs ;* il persiste dans ses
« conclusions, qui sont adoptées.

(2)

Voir les gazettes Américaines et Anglaises de cette époque ;
un Français ne peut l'écrire.

(3)

Le Ministère de la marine est sévère sur l'article des dilapidations ; aussi ne s'en permet-on point à ce ministère, mais
il a la ressource des interprétations.

« La caisse des Invalides (de la marine) est un *dépôt* confié,
« sous les ordres du roi, au Ministre qui ne peut, sous peine
« d'en être responsable, en intervertir la destination (loi du
« 13 mai 1791, titre 5, art. 1)».

Ainsi le ministre est doublement responsable et par l'article
de la loi, et par la Charte ; tout ce qui porte d'ailleurs le nom
de *dépôt*, est sacré pour un homme d'honneur.

_____

(1) Le *Moniteur* dit une différence de 5,000,000 ; c'est une erreur ; le
Constitutionnel, qui, à cela près, rapporte ce discours absolument comme
le *Moniteur*, dit 25,000,000, ce qui est exact.

Or, voici comme on administre la *caisse-dépôt*.

La loi que j'ai citée, qui régit l'administration de cette caisse, porte :

ARTICLE 1ᵉʳ. « Les fonds de la caisse des Invalides ne pour-
« ront sous aucun prétexte être détournés de la destination
« que la loi leur donne. »

Le sens de cet article est clair et précis, et c'est justement parce que l'article est positif, qu'au moyen d'une légère in-terprétation, M. *Malouet* fils, qui n'a jamais servi dans la marine, qui n'a pas droit à une pension sur cette caisse, d'ail-leurs membre du Conseil d'état, Préfet, etc., en touche une de 3,000 francs; et M. Malouet n'est pas le seul pour lequel on ait interprété la loi avec une obligeance toute particulière.

« ARTICLE II. Il ne sera accordé de pensions sur cette caisse
« qu'en cas de *besoin réel et bien constaté.* »

On avait reconnu vraisemblablement aussi que M. Malouet fils, préfet, avait un *besoin réel et bien constaté.*

Un brave officier, M. *Giraut,* commandant la Prame la *Ville d'Anvers,* soutient un des plus glorieux et des plus mémorables combats de la dernière guerre ; il a pour témoins de cette bril-lante action toute l'armée française, alors rassemblée aux en-virons de Boulogne ; il reçoit les plus honorables félicitations et des honneurs insignes; il est salué par tous les forts lorsqu'il rentre dans le port d'Ostende ; la ville d'Anvers lui envoie une épée d'or ; et il meurt peu de temps après des suites de ses blessures, laissant sa veuve et trois enfans en bas âge à peu près sans ressources.

« *La rigueur des réglemens s'opposant à ce qu'une pension*
« *soit accordée à d'autres titres que ceux qu'ils établissent, ma-*
« *dame Giraut, MALGRÉ SES DROITS , SES MALHEURS ET SES*
« *BESOINS n'a pu obtenir à longs intervalles que quelques mo-*
« *diques secours qui n'ont pu lui assurer du pain, ainsi qu'à*
« *sa triste famille composée d'elle et de ses trois enfans ! ! !*

« *SA MISERE EST PARVENUE A SON COMBLE ! ! !* on fait
« *donc un appel à l'HUMANITÉ ET A LA GÉNÉROSITÉ de*
« *toutes les ames sensibles ; et on est bien sûr que cet appel*

« sera entendu, surtout par les compagnons du brave
« Giraut.

« Une souscription est à cet effet ouverte au secrétariat DES
« COMMANDANT ET INTENDANT de la marine, etc. (Voir le
« journal de Brest.) »

« ... Cette souscription a été ouverte en septembre 1818,
et dans le volume des pensions qui vient de paraître en 1819,
on ne trouve point le nom de cette dame.... » (Extrait de l'ouvrage de M. Laignel, capitaine de vaisseau, intitulé : *Preuves
légales*, etc.)

Madame *Portier*, épouse du concierge du ministère, dont la
place peut valoir annuellement 8 à 10,000 francs, et *belle-
sœur* de M. *Portier*, sous-directeur de la division où s'accordent
les pensions, avait trouvé moyen de prouver qu'elle était dans
un *cas de besoin réel et bien constaté*, puisqu'elle avait obtenu,
on ne sait à quel titre, une pension de 313 fr. quand on en re-
fusait une à la veuve et aux enfans d'un brave officier.

Madame Malouet, veuve du ministre, à sûrement prouvé
des besoins très-réels et très-bien constatés, puisqu'elle a une
pension de 12,000. Je suis loin de vouloir contester les
titres de madame Malouet aux faveurs du gouvernement ;
mais c'était sur une autre caisse que celle des Invalides que cette
pension aurait dû être assignée.

ART. III. « Nul ne pourra obtenir de pension sur cette
« caisse, s'il a quelque traitement ou salaire public ».

On aura été obligé de recourir à une interprétation officieuse
de cet article en faveur de M. Malouet, préfet, et de M. Jurien,
Directeur d'une division au ministère de la marine, et conseiller d'état qui touche cependant une modeste pension de
6000 fr. sur cette caisse.

« Malheur à vous qui dévorez le bien des veuves, vous
« recevrez une condamnation plus rigoureuse » (*Saint - Ma-
« thieu*).

Enfin les services d'un officier de mer, qui l'exposent à des
pertes, souvent renouvelées, d'effets, de livres, de cartes,

qui l'entourent des dangers continuels du feu , des naufrages , des combats, ne lui sont pas même comptés aussi avantageusement que les services de l'Administration.

On voit la pension d'un *capitaine de frégate* (M. *Arqué*) , fixée à 370 fr. ; c'est à la vérité un franc de plus que celle de M. D.... *sous argousin* ; mais ce n'est guère que la moitié des 733 f. accordés aux obscurs services de M. B... garçon de bureau.

Le contre amiral l'*Hermite*, après trente-trois ans de glorieux services , a obtenu une pension de 1,825 ;

Le contre amiral *Duchilleau* , l'un des illustres compagnons d'armes de M. de Suffren dans l'Inde, octogénaire , après cinquante ans de services, et couvert d'honorables blessures, a une retraite de 2400 fr. ;

Mais M. *Carpentier* , Commissaire de marine de première classe , après vingt-huit ans de service , en a obtenu une de 5000 fr.

Les veuves des officiers ne sont pas mieux traitées que ne l'eussent été leurs époux.

Si madame *Béens* , veuve d'un capitaine de vaisseau , a obtenu une pension de 200 fr. ,

La veuve d'un garçon de bureau en a une de 308 fr. ;

La veuve d'un courier de la marine en obtient une de 600 fr.

Si madame *Thevenard* , veuve d'un contre amiral mort glorieusement au combat d'Aboukir, a une pension de 600 fr. , les veuves de simples commis en obtiennent de 1000 , et madame *Dupont* , veuve d'un intendant qui a servi seulement pendant deux ans, en obtient une de 3000 fr.

Si madame *Lelarge* , veuve d'un vice amiral a une pension de 600 fr. , celle de madame veuve *Malouet* est fixée à 12,000.

Je ne prétends pas dire qu'on a payé trop cher l'encre des gens de plume ?

Mais il me semble que c'est payer trop peu le sang de nos braves marins ?

(4)

Séance de la chambre des députés (24 avril 1818).

M. de *Villèle* : « Que le gouvernement ait un conseil ; que « l'administration ait un tribunal pour juger la validité de ses

7

« actes, je ne combattrai pas cette opinion; mais que si ce tri-
« bunal peut prononcer sur ma propriété, il soit organisé par
« la loi, contraint de juger d'après les lois, et que les membres
« qui le composeront, soient inamovibles et hors de la dépen-
« dance du gouvernement; car la Charte nous a assuré cette
« garantie; et elle nous est d'autant plus nécessaire ici, que
« ce tribunal doit connaître de nos contestations avec le gou-
« vernement lui-même.

M. Pasquier (Garde des sceaux).

« Toutes les fois, etc... Mais enfin, comme il n'y a rien eu
« de CONTRADICTOIRE dans cette instruction, le réglement du
« Conseil est formel sur ce point; la partie qui se croit lésée
« peut se pourvoir par la voie du Comité contentieux; LA
« L'INSTRUCTION SE FERA CONTRADICTOIREMENT; on lui
« communiquera les moyens de la Régie, et elle fournira ses
« défenses.

« Maintenant, je dois vous faire observer, messieurs, que
« c'est fort à tort que le préopinant a cru pouvoir tirer parti
« de cette affaire, pour faire sentir les inconvéniens de l'exis-
« tence d'un Conseil d'état tel qu'il est constitué.

« Le contentieux administratif de sa nature devra toujours
« être renvoyé à un Conseil d'état amovible.

Ainsi dit le ministre et ventrus d'applaudir.

M. B. « J'avais demandé la parole, mais je ne ferais que ré-
« péter ce qu'a dit beaucoup mieux M. le Garde des sceaux.

(5)

N.° 7092.) DÉCRET IMPÉRIAL qui enjoint aux Porteurs des
titres de créances de Saint-Domingue sur la marine, de
produire, dans le délai de deux mois, les Pièces justificatives de leurs réclamations.

Au palais de Trianon, le 11 juillet 1811.

« NAPOLÉON, Empereur des Français, Roi d'Italie, protecteur
de la Confédération du Rhin, médiateur de la Confédération
Suisse;

« Sur le rapport de la Commission de notre conseil d'état,
instituée par nos décrets des 26 juin et 26 octobre 1810.

« Nous avons décrété et décrétons ce qui suit :

« ART. Ier Les porteurs des titres de créances de Saint-Domingue sur la Marine seront tenus de produire, si fait n'a été, dans le délai de deux mois, à partir de la publication du présent décret, les pièces justificatives des versemens en deniers, fournitures d'effets ou denrées et services quelconques, pour lesquels ont été délivrés les traites, récépissés ou ordonnances dont ils réclament le paiement.

« 2. Ces pièces seront déposées en original au Secrétariat de la marine ; et il en sera délivré une reconnaissance de dépôt. Elles seront transmises, sans délai, à la Commission chargée de réviser la liquidation desdites créances.

« 3. Passé le délai ci-dessus fixé, les porteurs de titres de créances qui n'auront pas produit lesdites pièces justificatives, seront définitivement déchus de leurs droits, et déclarés non recevables dans leurs réclamations.

« 4. Notre Ministre de la marine et des colonies est chargé de l'exécution du présent décret, qui sera inséré au Bulletin des lois. »

Les Archives de la secrétairerie d'état n'offrent que trois décrets relatifs aux créances de St-Domingue, pour *versemens en deniers*, *fournitures d'effets*, ou *denrées et services quelconques ;*

SAVOIR :

Ceux des 26 juin et 26 octobre 1810, qui ne contiennent que la nomination des membres de la Commission chargée de prononcer sur ces créances ;

Et celui du 11 juillet 1811, dont je viens de donner le texte, le seul touchant ces matières, qui ait été inséré au Bulletin des lois.

Il n'en existe point d'autres.

Le Ministère de la marine en impose donc à la Chambre des députés ; soit qu'il suppose un décret qui n'exista jamais, et qui aurait prononcé la déchéance de tous les créanciers de St-Domingue, soit qu'il les comprenne tous indistinctement dans la déchéance prononcée seulement contre quelques retardataires, par le décret du 11 juillet 1811 rapporté ci-dessus ; ce qui ne serait ni moins perfide ni moins coupable.

7.

Il paraîtrait que son Excellence elle-même aurait DAIGNÉ fournir de pareils renseignemens.

Ministre et député, est-ce ainsi que Monseigneur le baron Portal en conçoit et en remplit les devoirs ?

(6)

Extrait de la capitulation du Cap.

Article 6. « *Les bâtimens Américains*, Espagnols et Danois, « à bord desquels sont embarqués les habitans du Cap qui « désirent suivre, et qui, conséquemment, forment une partie « de l'évacuation, *auront la liberté de suivre leur destination* « *sans molestation.*

(7)

Extrait des Conditions générales d'affrétement.

Article 15, § 4. « *Dans le cas de force MAJEURE*, provenant « du fait du gouvernement, et qui serait de nature à décharger « les assureurs, *le gouvernement répondra des suites, et pour* « la conservation des droits respectifs, *le bâtiment sera estimé* « *au départ*, et en cas de perte le capital remboursé sous dé- « duction d'un cinquantième.

(8)

Extrait des Conditions générales d'affrétement.

Article 15, § 3. « *Il sera alloué à l'armateur*, pour chaque « jour de retard, et sur les pièces justificatives qui en seront « produites, *une somme de vingt sous par tonneau de jauge*; en « cas d'hostilités le fret serait augmenté en raison de l'augmen- « tation de la prime d'assurance, réglée d'après le cours de « Nantes, du Havre et de Bordeaux.

(9)

« *A bord de la frégate la Surveillante*, en rade du Cap , le 28 brumaire an 12.

Henri Barré, capitaine de vaisseau, commandant les for- ces navales à St. Domingue.

« *Le navire Américain le Two-Sisters est mis en réqui-*

« sition pour le service du gouvernement , et pour l'évacua-
« tion du Cap.

« En conséqnence., le capitaine. Elias Bascom voudra bien
« se disposer à recevoir les quantités de *troupes* qui lui seront
« destinées , et *faire les vivres* et l'eau nécessaire pour leur
« transport. *Signé* Barré.

» Vu par l'Inspecteur maritime et colonial. *Signé* J. M.
Voisin.

Le Brick les *Trois Amis* de cent soixante-huit tonneaux
évacua la garnison de St. Marc , forte de quatre cents hommes
à peu près; plusieurs périrent étouffés par le défaut d'espace.

Le navire Américain *The Two-Sisters*, de six cents tonneaux,
reçut à bord cinq à six cents hommes (garnison du Cap et habitans).

11

« Je certifie que le navire The Two-Sisters mis en ré-
« quisition pour l'évacuation du Cap , ayant échoué dans les
« passes, par l'impéritie du capitaine Américain , *les passa-*
« *gers du nombre desquels j'étais , couraient le danger d'être*
« *engloutis avec le navire ou égorgés par les nègres ;* presque
« tous les marins de l'équipage avaient été enlevés pour les
« bâtimens de guerre , et il y en avait très-peu à bord. *Ce fut*
« *dans cet état que M. Crevel , ex-officier de la marine , en*
« *prit le commandement ; ses soins , son activité et les disposi-*
« *tions qu'il ordonna, parvinrent à mettre le navire à flot et à le*
« *dégager.*

Signé J. M. Voisin.
Inspecteur maritime et colonial.

La Goëlette de l'Etat, la *Petite Adele*, fut abordée sur la rade
du Cap, par les nègres au milieu de tout le convoi, au moment
où elle appareillait ; officiers , matelots, passagers au nombre
de soixante à soixante-dix, furent impitoyablement massacrés.

Les Goëlettes de l'etat, *l'Elisa* et le *Serin*, éprouvèrent le
même sort à l'Ile de la Tortue.

(13)

Le 23 septembre 1815 , me trouvant en uniforme au Marché aux chevaux , j'ai dégagé , en le couvrant de mon corps , le nommé Jean-Pierre Pierron , demeurant à cette époque rue St.-Antoine n° 219 , que des Prussiens assassinaient à coups de sabre , et qu'ils avaient blessé à la tête et dans l'aisselle gauche, il en fut fait un rapport, et l'Autorité en fut informée ; le 6 novembre suivant, je reçus l'ordre de cesser mes fonctions.

(14)

Extrait du procès verbal de l'Adjoint aux commissaires des guerres, Leroi , assisté, etc.......

« Les experts interrogés sur les causes des avaries ont dé-
« claré qu'un *événement extraordinaire* pouvait seul les avoir
« occasionées....

« Sur quoi, ayant entendu le capitaine du bâtiment, *il nous*
« *a assuré que l'eau qui avait mouillé ces effets , s'était intro-*
« *duite par le sabord de veille , dont le mauvais temps avait*
« *enlevé l'étoupe mise pour prévenir cet accident ; ce qui ne*
« *pouvait lui être imputé à faute , se trouvant, vu l'encombre-*
« *ment des effets , dans l'impossibilité de faire recalfâter*
« *l'ouverture ; ce qu'il nous a justifié par un procès*
« *verbal dressé à bord le 6 du présent mois etc.......*

(15

Extrait des Conditions générales d'affrétement.

Article IX : « le bâtiment sera visité et *jaugé* par un ingénieur du port, *suivant les règles de l'art*, ainsi qu'il était d'usage en 1788.

Article X : « *Le fret sera payé pour le nombre de tonneaux*
« *constaté par le certificat de l'Ingénieur.*

(16)

*Procès verbal d'estimation du navire américain The Two Sis-
ters.*

MARINE MILITAIRE.   Aujourd'hui, 2 frimaire an 12 de la
                          république française.

« En vertu des ordres à nous donnés par le citoyen Perroud,
« Ordonnateur général, à nous transmis par le citoyen Voisin
« Inspecteur général.

« Nous soussignés, Capitaine et maîtres de port de la ville
« du Cap, certifions nous être rendus à bord du *navire amé-*
« *ricain The Two-Sisters* où étant, en présence du citoyen
« Hubert, commissaire général aux approvisionnemens, et du
« citoyen Cornet, représentant le citoyen Voisin, inspecteur gé-
« néral, nous avons reconnu ledit bâtiment être de 600 ton-
« neaux ; et après un mûr et parfait examen de toutes les
« parties, en avons fait et dressé *l'inventaire* ci annexé ; en
« conséquence l'avons estimé, ainsi qu'il suit,

                « SAVOIR :

« La Coque et la Mâture   70,000.
« Ses Agrés et Apparaux   20,000.
« Ses Ancres et Cables   10,000.

                          Total 100,000 fr.

« En foi de quoi nous avons signé le présent procès verbal
« pour servir et valoir en ce que de raison, lesdits jour et an
« que dessus.

« Signé Hubert ; Cocherel, capitaine de port ; Madec, maître
« du port ; Richens, maître charpentier ; Gredouin, maître
« calfat ; Todin, maître voilier ; Arnaud Cornet.

« Vu par l'Inspecteur maritime et colonial, *signé* Voisin.

« Vu par moi Ordonnateur général. *Signé* Perroud.

Nota. Dans *l'inventaire* joint à ce procès verbal d'estimation, il est constaté que le navire est d'une très solide construction du nord et âgé de 6 ans; que son gréement en place était au tiersusé.

(17)

De l'arrêté de la Commission du Conseil d'état du 24 décembre 1811.

« Les motifs de cet arrêté ont servi de base et sont appli-
« cables d'après l'intention de la Commission du Conseil d'état
« à toutes les réclamations pour remboursement des navires
« mis en réquisition à St.-Domingue, et pris ensuite par les
« Anglais, quoique ces motifs ne soient pas énoncés dans chacun
« des arrêtés pris par la Commission, sur ces diverses récla-
« mations.

(Les Bureaux de la marine avaient trop de zèle pour ne pas trouver que les motifs de cet arrêté fussent applicables à toutes les réclamations, même à celles des américains).

« La Commission du Conseil d'état créée par décrets du 26
« juin, et 26 octobre 1810, pour la révision de la liquidation
« des créances de St.-Domingue, après avoir examiné le
« présent rapport et les pièces à l'appui.

(On a vu comment cette Commission examinait; on connaît la fidélité des documens qui lui étaient fournis pour qu'elle pût examiner.)

« 1° Considérant que les armateurs ont pu en faisant leur
« expédition, prévoir non seulement les risques maritimes,
« mais tous les faits du prime, et en mettre tous les risques à
« la charge de leurs assureurs par un pacte exprès de la
« police.

(L'estimation du Two-Sisters était une décharge pour les assureurs.)

« 2° Que par l'acte de réquisition fait aux capitaines, le gou-
« vernement ne s'était point engagé à répondre des cas fortuits
« et à rembourser la valeur des navires et des marchandises en
« cas de prise »

(Les Conditions générales d'affrétement répondent à ce paragraphe: « dans le cas de force majeure provenant du fait du

« *gouvernement* . . . . , *le gouvernement répondra des suites*. . . .
« *Le bâtiment sera estimé* ... ; *et en cas de perte* , *le capital*
« *remboursé*... » *L'estimation* du *Two-Sisters* avait été faite
conformément à ces Conditions, mais les Bureaux ont dit, avec
leur bonne foi accoutumée , *qu'elle n'eût pas dû être faite.*)

« 3o Que les navires dont il s'agit ici, *n'ont été arrêtés dans*
« *le port que par des motifs de haute politique et d'intérêt* , *et*
« *dans celui même des propriétaires* , qui dans les chances
« d'une capitulation prochaine, et qui devait alors être prévue,
« auraient pu obtenir un sauf-conduit *pour faciliter leur retour*
« *en France.*

(Aucun des paragraphes de cet arrêté ne peut avoir le
moindre rapport avec le *Two-Sisters* , et celui-ci moins qu'aucun autre, puisque *la capitulation* (6) *assurait son passage sans*
molestation , *et qu'il n'allait pas en* FRANCE *mais à* CHARLES-
TOWN.)

« Arrête, conformément à la proposition faite par le rapport
« qui est approuvé, que les deux réclamations de MM. Vᵉ
« Saint-Jean et compagnie et du capitaine Lebourg , capitaine
« du navire *l'Adélaïde* sont inadmissibles, et qu'elles doivent
« être rejetées comme étant l'une et l'autre mal fondées. »

« Paris, ce 24 décembre 1811.

« *Signé* , A......D........ G.... de C........ C.......

Les réclamations des propriétaires du navire *français*
l'Adélaïde sont *inadmissibles*; ce qui prouve admirablement
que celles du capitaine *américain* Bascom, pour le navire
américain the *Two* - *Sisters* sont (par ricochet comme
on a vu) *inadmissibles* aussi, et que le Conseil d'état doit
considérer une pareille décision comme *définitive*.

Au reste cet arrêté de la Commission n'est pas moins injuste
envers les armateurs français qu'envers le capitaine américain
Bascom ; on peut le pulvériser, en lui opposant les Conditions
générales d'affrétement; dont il paraît que les Bureaux du ministère de la marine ont dérobé la connaissance à la Commission
du Conseil d'état, qui n'eût pas pris un pareil arrêté, si elle les
eût connues ; je me propose d'attaquer incessamment cet arrêté

dans l'intérêt de tous les propriétaires de navires qu'il a injustement dépouillés.

(18)

Copie du premier projet de Compromis remis par cet agent
officieux , et écrit en entier de sa main.

« Voulant vous mettre à même d'agir efficacement pour les
« deux affaires qui nous concernent au ministère de la marine,
« dont nous vous avons déjà entretenu ; et voulant reconnaître
« les *peines, soins, et frais* que cette affaire va vous occasion-
« ner ;

« Nous soussignés propriétaires des sommes à reclamer au
« ministère de la marine , tant sur le navire l'*Hector-Daure*
« que sur celui le *Two-Sisters* , avons résolu et consenti de
« vous accorder pour prime , gratification , frais etc. un intérêt
« de TRENTE POUR CENT sur les créances que vous nous ferez
« rentrer ; c'est pourquoi

« Nous nous obligeons à vous reconnaître comme intéressé
« de TRENTE POUR CENT sur les ordonnances qui pourront nous
« être délivrées pour le fait du navire l'*Hector-Daure* et celui
« le *Two-Sisters.*

« Fait et arrêté triple entre nous , les jour et an que dessus.

Copie du second projet écrit et signé par la même personne.

« Nous soussignés intéressés dans la créance du navire le
« *Two-Sisters,* stipulant chacun pour nos intérêts respectifs,
« Sommes convenus de céder *le quart* du produit de cette
« créance à celui ou ceux qui dans les Bureaux de la marine,
« nous feront liquider le montant de nos réclamations pour le
« susdit navire ; chargeant à cet effet le sieur..... auquel le
« *quart* ci-dessus spécifié sera compté , en le prélevant sur le
« montant net provenant de la liquidation, de suivre seul cette
« affaire à la Marine, renonçant....

« Fait triple à Paris le 25 septembre 1816.

Signé L..........

(19)

Le jugement contradictoire , « est celui qui est rendu après
« que les parties ou leurs défenseurs , ont contredit et contesté
« devant le juge. »

(Instruction à la procédure civile).

(20)

Facéties de divers magistrats,. préfets et députés.

(21)

Il faut être juste ; je connais des Conseillers d'état probes
et courageux qui ne témoignent pas moins d'indignation que
moi, des abus que je viens de signaler.

« Eh quoi ! (écrit un membre du Conseil d'état) un citoyen
« qui réclame une servitude de passage, un droit de mitoyen-
« neté, la propriété de quelques pieds de terrain , la somme
« d'argent la plus modique , trouvera des juges indépendans et
« inamovibles , une procédure tracée par des codes , des au-
« diences et des plaidoiries publiques, des solennités et des
« garanties; et si contraint de se présenter devant le Conseil d'é-
« tat pour y subir une juridiction que souvent la volonté seule
« du gouvernement lui impose, il y réclame des droits même
« immobiliers , ou des intérêts immenses qui composent sa
« fortune entière , il trouvera son juge dans sa partie adverse ;
« il sera traîné devant un tribunal que la loi ne reconnaît point,
« puisque la loi ne l'a point institué; il se débattra devant ce
« tribunal secret, composé de juges amovibles, qui délibèrent
« dans l'ombre d'un bureau, sur simples mémoires, sans avo-
« cats du roi, sans plaidoiries; loin du public, des parties et
« de leurs défenseurs, parce qu'il aura plu à ce tribunal de
« retenir la cause et de la dire administrative. Il sera forcé
« d'observer les formalités d'un réglement rapportable, dressé
« par le gouvernement son adversaire ! ON LUI OPPOSERA DES
« FINS DE NON RECEVOIR ET DES DÉCHÉANCES, en vertu de ce
« réglement QUI N'A REÇU AUCUNE SANCTION LÉGALE ! on lui

« *appliquera les dispositions d'autres ordonnances ou décrets*
« *qui n'ont point force de loi , et qui sont comme autant d'ar-*
« *mes cachées que, pour le percer, on fera sortir, quand il en*
« *sera temps, de l'arsenal obscur du Bulletin ; on violera son*
« *domicile , qui ne doit s'ouvrir qu'au commandement de la*
« *loi , etc.....*

(Extrait d'un ouvrage ayant pour titre : *De la responsabilité*
des Agens du Gouvernement, par un membre du Conseil
d'état.)

(22)

Un Conseiller d'état fort ordinaire ou fort extraordinaire qui,
à une autre époque , a vu

« . . . . La France esclave,
« Croire à des dogmes destructeurs ,
« Et gémir sous la double entrave
« Des rois et des prêtres menteurs.

Qui s'est écrié dans le temple de la *Sainte Raison* dont il
était le desservant :

Auguste vérité tu parles à nos cœurs,
TU VIENS DE PRONONCER L'ARRÊT DE TOUS LES TRONES.

pouvait bien travailler à huis-clos à la rédaction d'un petit
arrêt bien inique , bien administratif , qui ne renversait pas
des trônes , puisqu'il ne ruinait que deux pauvres diables
d'officiers avec lesquels on se croit dispensé de toutes appa-
rences de justice.

(23)

« Qu'est-ce donc qu'un tribunal souverain qui a le droit
« de décider du sort des citoyens à leur insu, par défaut et fur-
« tivement ; et qui refuse ou redoute de les entendre publique-
« ment, et de les juger contradictoirement?....... qui s'em-
« pare de l'odieux pouvoir de se constituer juge et partie dans
« ses propres querelles ; d'interdire la défense et d'en ravir le
« droit; d'ordonner dans l'ombre des condamnations irrévo-

« cables et de consommer la félonie par la torture....ˉ......; on
« n'a pas même au Conseil d'état la faculté, je veux dire, la
« stérile consolation de récuser aucun juge........ puisqu'un
« ex-ministre de la justice présidait en personne ce même Con-
« seil, alors qu'il déclarait *n'y avoir lieu à suivre sur une*
« *plainte rendue contre le frère de S. E.*

(Extrait d'un ouvrage, ayant pour titre : du *Système admi-*
nistratif en France.)

(24)

« C'est ce qu'Escobar ramasse de nos auteurs, et qu'il
« assemble au T. 3. Ex. 1. N. 23. où il fait cette régle
« générale : *les biens acquis par des voies honteuses, comme*
« *par un meurtre, une sentence injuste, une action déshon-*
« *nête etc., sont légitimement possedés, et on n'est point obligé*
« *à restituer ; et encore au T. 5. Ex. 5, no 53, on peut disposer*
« *de ce qu'on reçoit pour des homicides, des arrêts injustes,*
« *des péchés infames etc., parce que la possession en est juste,*
« *et qu'on acquiert le domaine et la propriété des choses que*
« *l'on y gagne.*

(Discours du jésuite, VIIIᵉ lettre à un Provincial ; Pascal.)

(25)

Pétition à la chambre des Députés.

Pendant que nous étions sous les drapeaux et en présence
de l'ennemi, une Commission du Conseil d'état a rendu,
les 16 décembre 1810 et 28 mars 1811, deux décisions, par lesquelles, de créanciers que nous étions, elle nous constitue débiteurs de l'État.

Nous avons présenté deux moyens péremptoires pour obtenir cette révision ; le premier est puisé dans l'article 40 du
réglement du 22 juillet 1806. . . . . . . 7 . . .

Le second moyen est tiré de notre qualité de militaires, en
activité de service et sous les drapeaux, aux époques où ces
deux décisions ont été rendues. C'est sur ce dernier moyen
que nous prenons la LIBERTÉ DE FIXER PARTICULIÈREMENT VOTRE
ATTENTION.

Suite de la Pétition.

Nous invoquons l'application de la loi du 6 brumaire an 5, laquelle est ainsi intitulée : *Loi contenant des mesures pour la conservation des propriétés des défenseurs de la patrie.*

Cette loi a été rendue « sur la considération qu'il était aussi « instant que juste de prendre des mesures qui mettent les « propriétés des défenseurs de la patrie et des autres citoyens « attachés au service des armées, à l'abri des atteintes que « *la cupidité* ou *la mauvaise foi* pourrait y porter pendant « leur absence. »

L'article 2 porte *qu'aucune prescription, expiration de délai ou péremption d'instances ne peut être acquise contre les défenseurs de la patrie,* pendant tout le temps qui s'est écoulé depuis leur départ jusqu'à l'expiration d'un mois après la paix générale.

Tous les autres articles ont pour objet d'empêcher qu'on ne puisse obtenir ou exécuter des jugemens au préjudice des individus qui servaient activement dans les armées pendant la durée de la guerre.

Cette loi n'est jamais tombée en désuétude.

Un officier avait été condamné par un jugement civil, en dernier ressort; et ce jugement lui avait été signifié *à personne et dans son domicile*, le 23 pluviose an 3. Sept années après cette signification, en l'an 10, il se pourvut en cassation contre ce jugement; son pourvoi fut admis le 26 pluviose an 11, sur le motif qu'au moment de la signification du jugement attaqué, il était encore employé à l'armée active, et que, *dans le cas d'activité, la loi du 6 brumaire an 5 ne fait aucune distinction entre celui qui serait momentanément dans ses foyers, et celui qui se trouverait éloigné.*

Le Grand-juge, dans une circulaire adressée aux Procureurs impériaux, le 16 décembre 1806, leur recommande de maintenir l'exécution de cette loi du 6 brumaire an 5. *Voyez Sirey,* page 30, seconde partie, année 1808.

Enfin, Bonaparte, par un décret daté d'Osterode, le 16 mars 1807, sur le rapport du Grand-juge, et le Conseil d'état entendu, a ordonné la publication de cette même loi dans le Piémont, ainsi que dans les états de Gênes, de Parme et de Plaisance, alors réunis à l'empire français.

Cette loi a donc été en vigueur, sans interruption, depuis sa promulgation jusqu'à la paix générale, conclue à Paris en 1814.

Ainsi, tous les jugemens rendus contre les militaires, sous les drapeaux, depuis l'an 5 jusqu'en 1814, sont nuls et comme non-avenus, *à moins*, comme dit la loi du 6 brumaire, *qu'ils n'y aient formellement acquiescé*; car, puisqu'aucune prescription, aucune expiration de délai, aucune péremption d'instance ne pouvait leur être opposée, *puisque les significations même faites à leur domicile, et à eux parlant*, ne les exposaient à aucune déchéance, il est évident qu'ils ont le droit d'attaquer, par la voie de nullité, tous les jugemens obtenus contre eux.

Le gouvernement aurait-il pu, à leur préjudice, s'arroger un droit que n'avaient pas les particuliers? Pouvait-il, en leur absence et pendant qu'ils versaient leur sang pour la patrie, prononcer sur leurs réclamations, les constituer ses débiteurs, ou se donner à lui-même une quittance? Non, certes, il serait aussi absurde qu'odieux, que le même gouvernement qui avait provoqué des mesures législatives *pour mettre les défenseurs de l'État*, ainsi que s'en explique le Considérant, *à l'abri des atteintes de la cupidité et de la mauvaise foi*, eût pu, dans son intérêt particulier, s'affranchir lui même de toute espèce de ménagement à leur égard; cela impliquerait contradiction.

Nous ne pouvons nous le dissimuler, messieurs; nous avons à craindre, sans trop nous en expliquer le motif, qu'on ne cherche à étouffer l'esprit de cette loi du 6 brumaire an 5!....

(27)

AVIS ESSENTIEL.

Les faits contenus dans ce numéro 27 et dans les suivans, jusqu'au numéro 35 inclusivement, ont été publiés en 1816, sous le titre de RÉCLAMATION CONTRE UNE SPOLIATION, ils sont aujourd'hui moralement prouvés par le silence des Bureaux de la marine, qui n'ont osé faire aucune réponse, quoiqu'ils y aient été provoqués par ces mots: « *Cela doit être* « *maintenant regardé comme légalement prouvé, s'ils ne* « *nous rétorquent pas en prouvant de suite à leur tour....* » (page 123).

Nous nous exprimions ainsi dans ce mémoire :

« Le Roi, dans la monarchie représentative, est une divinité « que rien ne peut atteindre ; inviolable et sacrée, elle est en-« core infaillible ; car s'il y a erreur, cette erreur est du ministre « et non du Roi. Ainsi on peut tout examiner sans blesser la « Majesté Royale; car tout découle d'un ministère responsable.

« Quand donc les ministres alarment des sujets fidèles, quand « ils emploient l'autorité du roi pour faire passer de fausses « mesures, c'est qu'ils abusent de notre ignorance. » (*Extrait* « *d'un ouvrage très-connu des Ministres.*)

Ce dernier paragraphe est absolument notre histoire ; depuis long-temps, depuis très-long-temps, des administrateurs, des conseillers d'état, des ministères, ont cherché et cherchent encore à nous étouffer au nom du Prince et contre sa volonté. Leur opiniâtreté les aurait fait réussir, si notre caractère ne nous avait placés au-dessus des atteintes de leur despotisme.

(28)

Nous avions laissé, avant notre départ pour l'armée, une procuration à M. Cotentin, banquier, pour toucher du Trésor 160,000 fr. pour la valeur et surrestaries du navire américain *The Two-Sisters*, pris par les Anglais en évacuant les troupes françaises de la place du Cap-Français.

Cette réclamation était tellement fondée, toutes les pièces à l'appui tellement régulières et légales, que nous n'avions pu douter un instant du succès. A notre arrivée de la campagne de Russie, dans les premiers mois de 1813, nous nous rendons au Ministère de la marine ; on nous indique le bureau des créances de Saint-Domingue, et nous voici devant un Employé.

— Nous vous prions, monsieur, de vouloir bien nous donner connaissance de la liquidation du navire américain *The Two-Sisters.*

— Toutes les réclamations pour des navires français, employés à l'évacuation du Cap, sont *rejetées.*

— Mais ce navire était américain ?

— Cela est *rejeté*.

— Mais que cela soit rejeté ou non , le paiement du fret de ce navire n'en est pas moins dû ?

— Cela est *rejeté*.

— Mais le paiement des vivres achetés par ordre, et fournis aux passagers du gouvernement ?

— *Rejeté. C'est une affaire terminée.*

Nous devons avouer que si nous fûmes surpris et indignés d'une iniquité aussi monstrueuse, nous fûmes presque désarmés par les formes honnêtes et l'air d'intérêt que celui qui était obligé de nous faire ces réponses, paraissait prendre à notre position.

Alors , j'ajoutai :

— Monsieur, j'avais un intérêt sur le brick *les Trois-Amis* de Brest , pris à Saint-Marc....

(Il allait encore dire, par habitude, *Rejeté;* mais il se reprit , et dit :)

— Il est le seul qui ait été payé ; il a été alloué pour ce bâtiment une somme de 36,000 fr.

— Je n'étais propriétaire que du quart de ce navire, ce qui ne me produira que 9,000 fr. ; c'est fort peu de chose , mais enfin voulez-vous bien me délivrer l'ordonnance de paiement.

— Monsieur , je vous annonce, avec peine , qu'il ne vous revient rien ; on a retenu au contraire sur le paiement de ce navire une somme de 18,000 fr. pour des avaries mises à votre charge.

— Je ne sais , monsieur, de quelles avaries vous me parlez, et pour lesquelles on me retient 18,000 fr. ; mais comme il ne pouvait m'en revenir que 9,000 fr. , on a donc fait payer 9,000 fr. pour mon compte à mes co-intéressés sur ce bâtiment.

— *C'est une affaire terminée.*

— Terminée pour le gouvernement, qui, à ce que je vois, paye s'il veut, et comme il veut; mais pour moi, elle ne l'est pas ; en me dépouillant totalement de la manière la plus ini-

8

que, on m'a créé un créancier pour la somme de 9,000 fr. qui lui a été, sans raison et sans droit, retenue pour mon compte; il faut maintenant que je m'acquitte envers lui.

— *C'est une affaire terminée.*

— Puis-je vous demander maintenant, monsieur, où on a pu trouver, comment on a pu imaginer que je devais 18,000 fr. pour des avaries ?

— Monsieur, on vous a reconnu débiteur pour avaries, d'une somme de. 47,000 fr.
pour trop reçu à Saint-Domingue. 7,000

Total. . . . . 54,000 fr.

On a annullé des traites à votre ordre pour . . . . 36,000 fr.
On a retenu sur le paiement du brick *les Trois-Amis.* 18,000

Somme pareille. . . . . 54,000 fr.

Partant : *c'est une affaire terminée.*

— Monsieur, tout ce que vous me dites là, prouve qu'on termine les affaires très-lestement en France, sur-tout quand les parties sont absentes ; mais cela ne me prouve pas aussi bien que je doive au gouvernement une obole des 54,000 fr. qu'on m'a si arbitrairement retenus ; ou plutôt volés....

A ce mot, il devint plus communicatif : *c'est une affaire terminée; on ne peut plus revenir; on a prononcé.*

Nous retournâmes silencieusement chez nous, en réfléchissant sur cette singulière manière de liquider, et en maudissant ces intrigans ambitieux qui, pour acquérir noblesse, rang, fortune places et enfin tout ce que leur bassesse appelle des grâces, se font un jeu de réduire au désespoir d'honnêtes familles qu'ils ruinent sans pitié.

Que dirait notre tailleur, disions-nous, si voulant nous libérer avec lui, à l'instar du Conseil d'état, en ne lui payant pas 160 fr. que nous lui devrions, nous allions lui en demander 54, prétextant un compte d'avaries, supposant qu'un habit a été taché par sa faute, et l'éconduisant avec ces mots : *c'est une affaire terminée.*

Au reste, ajoutions-nous, nous n'avons été ni représentés

TABLE
DES MATIÈRES.

créanciers du gouvernement; il donne le nom et l'autorité d'une décision à un rapport absurde, ouvrage des Bureaux de la marine. — Les conclusions de ce rapport sont considérées par ce Conseil comme exécutoires et définitives, parce qu'elles ont reçu l'approbation d'une Commission qui ne les a jamais connues, et qui n'a pu d'ailleurs leur donner un caractère d'irrévocabilité. — Toutes les lois de l'équité sont violées, non seulement envers nous, mais envers tous les propriétaires des navires mis en réquisition pour l'évacuation de Saint-Domingue.

On m'a retenu 47,000 francs pour des avaries ; je joins ici un extrait d'une lettre de M. l'ordonnateur Perroud, adressée au Préfet colonial, le 11 thermidor an 11, que la Commission aurait dû avoir sous ses yeux quand elle a prononcé, et qui existait dans les Bureaux de la marine quand nous sollicitions vainement de revenir sur cette décision, laquelle n'était que *provisoire*; elle porte que ces avaries, fixées à 47,000 francs, pouvaient se réparer avec 600 francs !....

(32)

Extrait d'une lettre de l'Ordonnateur Perroud au Préfet colo-
nial de Saint-Domingue.

« Quant aux autres objets avariés dont je joins ici la note,
« je pense , citoyen Préfet , que *leur réparation deman-*
« *derait qu'il fût mis à la disposition du Commissaire de ma-*
« *rine, garde magasin général, une somme de* 600 *francs.* »
(Dossier : Hector Daure ; Pièce quatorzième.)

En marge est écrit :

« A en conférer avec le Capitaine général, dans mon travail
« de demain. »
Paraphé : M.

Il est encore bon qu'on connaisse la note annoncée dans la lettre que nous venons de transcrire ; en voici la copie :

« 8657 chapeaux.
« 286 capotes de drap.
« 1000 paires de bas.
« 1408 pantalons.
« 1580 baudriers.
« 2000 gibernes.
« 9000 paires de souliers.
« 5762 sacs de toile.
« 8660 petits bidons.
« 100 tentes en toile.
« Etc. (Dossier : Hector Daure ; pièce trei-
zième.) »

Nota. — Les 600 francs étaient demandés par l'Ordonnateur pour la réparation de tous les effets portés sur cette note ;
et c'est pour l'avarie de 6987 chapeaux seulement qu'on a
exigé 47,162 fr.; voilà ce qu'on appelait *une affaire terminée*...

(33.)

Pour ce qui concerne le *Two-Sisters*, l'avis du ministère est qu'il faut se garder de revenir sur l'ancienne décision ;
que *du contraire résulteraient les plus graves conséquences*.

Cet avis du ministère est fort conséquent ; car si on vient à
examiner le fond de l'affaire du *Two-Sisters*, et qu'on y décou-
vre (ce qui est indubitable) autant de turpitudes que dans celle
des avaries, cela pourrait compromettre à la fin quelques personnages, et faire tomber plus d'un masque.

L'iniquité prouvée des Commissions de liquidation et des
Bureaux du ministère dans l'affaire des avaries, doit faire pré-
sumer que celle du *Two-Sisters* n'en est point exempte ; mais
craint-on de s'en assurer sous le règne du Roi? .... Quoi! notre
petit Epiménide a-t-il assez de crédit pour cela, ou n'est-il
qu'un pantin qu'une main cachée et puissante fait mouvoir encore à son gré ?

Nous avons été dépouillés pendant que nous étions aux armées; notre fondé de procuration avait été assassiné; nous
n'avons été ni entendus, ni représentés ; nous prouvons aujour-
d'hui les erreurs, l'iniquité, les actes arbitraires de ceux qui
ont prononcé sur nos réclamations : et on veut donner le caractère d'un jugement contradictoire à une absurde et inique décision, dont on n'a jamais osé nous délivrer ni extrait ni copie,
et qui devait rester ensevelie dans un éternel oubli, comme le
hideux procès des Templiers! *Superabundanti cautelâ nemini
exhibendum.*

Le ministère explique son véritable motif qui ; s'il n'est pas
fort équitable, est au moins assez naïf : il dit que *de la révision
résulteraient les plus graves conséquences*.

Ce sont donc *les conséquences redoutées* qui font penser au
ministère qu'il faut maintenir l'ancienne décision, malgré le
sens précis d'un décret, malgré l'ordre de Sa Majesté et ses
intentions, hautement prononcées, d'être juste.

ni entendus ; en bonne justice , on doit revenir sur cette affaire.

Nous retournâmes au Ministère de la Marine ; et nous relevâmes facilement toutes les erreurs et les iniquités des Commissions de liquidation et de révision.

Notre bienveillant interlocuteur nous répéta :

— *On a prononcé ; c'est une affaire terminée ; on ne peut plus revenir.*

— Mais, monsieur, on nous doit au moins copie des décisions qui nous concernent , pour que nous puissions faire quelques démarches avec connaissance de cause.

— *On ne peut plus revenir ; on a prononcé ; c'est une affaire terminée.*

Enfin, à toutes nos demandes, c'était la même phrase retournée , comme la déclaration de M. Jourdain : *Vos beaux yeux, belle marquise , me font mourir d'amour , ou belle marquise, d'amour vos beaux yeux mourir me font , ou , etc.*

(29).

Nous attribuâmes cependant un peu ces réponses banales , à ce que le jeudi, jour d'ouverture des Bureaux, la foule qui les remplissait , pouvait nous empêcher d'avoir un entretien plus suivi ; nous pensâmes qu'étant créanciers d'une somme considérable , nous pouvions obtenir un *laissez-entrer.*

Nous le demandâmes au Secrétaire Général ,

Par écrit : point de réponse ;

De vive voix : refus.

Nous adressions en vain pétitions sur pétitions ; aucune n'obtenait de réponse.

Nous demandâmes des rendez-vous à Son Excellence ; nous ne fûmes pas plus heureux.

(30)

Repoussés aussi cruellement par le ministère de la marine , nous adressâmes à un autre ministre de Sa Majesté qui obtint du Roi un ordre pour que le Comité contentieux eût à examiner s'il y avait lieu de réviser les deux décisions dont nous avions à nous plaindre.

8.

M. Deliège, avocat aux Conseils du Roi fit pour nous une requête qui fut déposée au Comité contentieux ; elle est communiquée par ce comité à S. Ex. le Ministre de la marine ; mais à son arrivée dans les bureaux, le bruit qu'elle y fait réveille une espèce d'Epiménide qui semble n'avoir fait qu'un somme depuis l'an 1810. Il paraît que le petit homme a le réveil mauvais, qu'il est sujet à des boutades ; l'humeur l'aveugle : il ne s'aperçoit pas, en s'éveillant, que nous sommes à cent ans de quelques époques dont il se rappelle trop, que tout a changé autour de lui, qu'il n'a plus la même cocarde, et que son habit même a été retourné deux ou trois fois :

> A le bien mesurer, il n'est pas haut, je crois,
> Comme *son écritoire*, et glapit comme trois.
> Ces petits avortons ont tous l'humeur mutine.

Il salit les marges de notre Requête de notes anonymes, au crayon, qui toutes portent l'empreinte du despotisme qui régnait en France, au moment où il s'endormit. Ces notes, mises évidemment à l'insu du Ministre, portent en substance que pour des gens ruinés, nous ne sommes pas assez polis ; il trouve *indécent*, *intolérable* que nous parlions de *spoliation*, et que nous nous permettions de les prouver ; il fallait dire sans doute :

> . . . . . Vous nous fîtes, seigneur,
> En nous croquant beaucoup d'honneur.

(31)

Une lettre du ministère de la marine accompagne le renvoi de notre requête au Garde des sceaux ; elle ne renferme point d'observations sur l'affaire des avaries qui, d'ailleurs, n'est que *provisoire* ; mais alors pourquoi m'a-t-on dit dans les Bureaux, et pendant si long-temps, que c'était une *affaire terminée ?*

Comment a-t-on eu l'injustice de me faire attendre trois ans et demi, sans vouloir revenir sur une *décision* qui n'était que *provisoire ?* et qui avait achevé ma ruine, en m'enlevant arbitrairement 47,000 francs ?

Réponse à quelques-unes des notes anonymes.

Nous avons cru devoir faire un article à part pour ces Notes, afin de ne point interrompre notre narration.

Ce sont autant de faussetés qu'on voulait transmettre au Comité contentieux, caractère semi-officiel.

Le Ministre de la marine étant en même temps notre *partie adverse* et l'un de nos *juges*, nous devions nous attendre à rencontrer plus de loyauté dans ses Bureaux.

Page 32 de la Requête.

« *M. Voisin n'était pas surveillant, etc.; il était passager.* »

M Voisin, Inspecteur général de la colonie, était passager supérieur à bord du navire *The Two-Sisters*, qui était à sa disposition *par ordre*; il pouvait donner, et a donné des ordres d'embarquement; ils existent au dossier; il était donc bien plus que surveillant.

« *On a profité de sa présence pour le visa.* »

Il y a une mauvaise foi évidente dans cette assertion; le *visa* était indispensable et nous devions l'obtenir de M. Voisin, ou de tout autre administrateur ayant qualité pour le donner, parce qu'on ne pouvait nous le refuser. On nous fait ici un procès de ce que nos pièces sont trop en règle!

Pages 25 et 29. « *L'anonyme vante la probité, même sé-*
« *vère, du Rapporteur (de l'ancienne Commission).* »

On ne cite la probité du rapporteur que pour en étayer une décision inique.

La Requête sera imprimée et livrée au public; l'opinion le jugera, c'est-à-dire le flétrira, parce qu'il n'a pu, comme l'auteur des notes, garder l'anonyme.

Page 39. (« *La valeur du navire* les Trois-Amis *a été*
« *payée*, non par le motif de l'estimation du navire, *mais*
« *parce qu'elle était stipulée par l'article* 15 *de la Police d'af-*
« *frétement de ce navire, passée à Brest.* »

La liquidation du brick *les Trois-Amis*, renferme ces
mots :

« Remboursement du navire, d'après *l'estimation faite à*
« *Saint-Domingue*, déduction faite d'un 5oe conformément,
etc. »

Page 5o « *Il n'a été alloué* (*pour le Brick* les Trois-Amis)
« *que* 5o *centimes par tonneau.* »

Voici le texte de la liquidation de ce navire :

Art. III. « Rétention du navire au Port-au-Prince, du
« 21 prairial au 2o thermidor, ci . . . . 5, o4o fr.

Art. IV. » Affrétement du Port-au-Prince à Saint-Marc,
« du 2o thermidor au 15 fructidor, ci . . . . 4, 368 fr. »

Il ne faut pas être grand arithméticien pour voir que les surrestaries ont été payées à raison de 2o sous par jour pour
168 tonneaux.

Les Bureaux ont les pièces sous les yeux, et voici les extraits qu'ils en font !

Nous n'avons que des notes, recueillies de mémoire ;
mais notre mémoire est sûre, c'est celle des honnêtes gens.
Elle vaut les extraits certifiés de l'anonyme.

Dans plusieurs pages, *l'anonyme se plaint des expressions
peu mesurées de la Requête.*

M. Deliège, notre conseil, pénétré de l'injustice que nous
avons éprouvée, a fait valoir nos moyens avec autant de talent
que de décence, avec autant de force que de modération ; il
connaît les droits et les devoirs de l'honorable profession
qu'il exerce ; il a pris une devise qui n'est pas celle de l'anonyme :

Fais ce que dois, advienne que pourra.

Si nous n'avons pas été injustement dépouillés, le Conseil d'état confirmera et sans appel la décision portée contre nous, et tout cela se passera *sans conséquences.*

Si notre réclamation est trouvée juste, elle aura la *conséquence* redoutée par le ministère de la marine, celle de nous faire payer. Aussi, selon lui, plus nous avons droit à une révision, parce que nous avons été injustement dépouillés, moins on doit nous l'accorder, à cause *des conséquences.* Voilà ce qui s'appelle puissamment raisonner; si ce n'est pas du Sophocle, c'est de l'Epiménide tout pur.

C'est à peu près cela que Figaro, en définissant non pas la politique, mais l'intrigue, appelle *ennoblir la bassesse des moyens par l'importance de l'objet.*

(34)

Mais, pour qu'on ne nous accuse pas d'avoir *déraisonné* là où il fallait *raisonner,* nous allons prudemment laisser parler ici M. Deliège, notre conseil.

« La révision, dit-il dans une de ses Requêtes, est une voie « extrême que la loi ouvre aux parties contre les décisions dé- « finitives; on trouve une disposition expresse à cet égard, dans « le décret du 22 juillet 1806. »

« L'article 40 de ce décret est ainsi conçu :

« *Lorsqu'une partie se croira lésée dans ses droits, ou sa* « *propriété, par l'effet d'une décision de notre Conseil d'état,* « *rendue en matière non contentieuse, elle pourra nous pré-* « *senter requête pour, sur le rapport qui nous en sera fait,* « *être l'affaire renvoyée s'il y a lieu, soit à une section du Con-* « *seil d'état, soit à une Commission.* »

« Ce décret du 22 juillet 1806 est le *Réglement sur les affai-* « *res contentieuses portées au Conseil d'état.* Son objet est de « régulariser l'instruction de toutes les affaires de cette nature, « qui sont suivies et défendues par le ministère d'un avocat « *devant la Commission du contentieux.* Les décisions qui in- « terviennent sur ces affaires, étant précédées de la communi- « cation réciproque des pièces, et d'un débat contradictoire, « ne pourraient, sans inconvénient, être soumises à un nouvel « examen. Les formes protectrices établies pour la défense,

« font regarder le jugement intervenu, comme l'expression de
« la vérité, tout nouveau recours est sévèrement interdit.

« Au contraire, lorsque la décision a été rendue *en matière*
« *non contentieuse*, c'est-à-dire, *dans une matière pour l'ins-*
« *truction de laquelle on ne suit pas les formes usitées devant*
« *le Comité contentieux*, rien ne garantissant que les parties
« ayent été suffisamment entendues, leurs réclamations sont
« toujours accueillies avec faveur ; elles sont même invitées,
« en quelque sorte, à les déposer au pied du trône. La loi,
« dans la crainte que le respect ne les arrête, leur rappelle
« qu'elles peuvent présenter au Souverain une *Requête* en ré-
« vision ; et tel est l'objet de l'article 40 précité du décret du
« 22 juillet 1806.

« Votre Majesté, en demandant un rapport à son Comité du
« contentieux sur la question de savoir si, comme nous le sou-
« tenons, nous avons été en effet *lésés dans nos droits ou dans*
« *notre propriété*, n'a donc pas agi arbitrairement ; un Roi, qui,
« dans la vue de rendre justice à ses sujets, s'appuie sur la loi
« pour satisfaire les nobles mouvemens de son cœur, ne sera
« jamais accusé d'avoir fait un usage indiscret de son pouvoir. »

D'après ce passage de notre Requête au Roi écrite par un jurisconsulte aussi éclairé que généreux, nous ne pouvons douter
qu'on ne reconnaisse enfin que la justice commande rigoureuse-
ment la révision que nous sollicitons. Les Ministres passent, la
justice reste ; elle est la force.

« Ce n'est jamais impunément qu'un magistrat s'écarte de
« son devoir. Il s'élève un cri public ; et s'il est un moment où
« les juges prononcent sur chaque citoyen, dans tous les temps
« la masse des citoyens prononce sur chaque juge. Le jugement
« des premiers est légal ; celui des seconds n'est que moral ;
« mais il est encore à décider lequel est d'un plus grand poids
« pour retenir chacun dans le devoir. Tout citoyen est sans
« doute soumis aux magistrats ; mais quel magistrat peut se pas-
« ser de l'estime des citoyens ! Dans l'ordre civil, l'action des
« juges sur les particuliers, et la réaction de ces derniers sur les
« juges, forment entre la nation et les magistrats un équilibre
« de respect et d'équité, qui fait l'honneur des uns, la sûreté
« des autres et le bonheur de tous. »   (*Mémoires connus.*)

FIN DE LA TABLE.

AVANT-PROPOS.

Nous passons sous silence une foule de notes qui seraient entièrement insignifiantes, si elles n'attestaient l'impuissance de la malignité.

Les Bureaux du ministère en ont imposé, particulièrement dans les notes mises aux pages 32, 39 et 50 de la Requête ; et *cela doit être maintenant regardé comme légalement prouvé, s'ils ne nous rétorquent pas, en prouvant de suite, à leur tour, l'exactitude des trois notes que nous venons de citer.* Ce n'est plus maintenant avec des insinuations anonymes qu'ils pourront inspirer aucune confiance ; leur masque est arraché.

Quand des hommes transmettent de pareilles notes anonymes, quand ils ne s'aperçoivent pas que 600 fr. ne sont pas 70,000 francs, et qu'une décision provisoire n'est pas une affaire terminée, on conçoit que de pareils hommes aient étouffé et proposent encore d'étouffer les plus justes réclamations, en prétextant de *graves conséquences,* et que montrés à nu par nous, parce qu'ils nous y ont forcés, ils se retranchent derrière un Ministre, dont ils ont abusé la confiance et trompé a religion.

Sous un Roi légitime, il n'y a plus à redouter de despotisme en France ; et s'il devait s'en élever un nouveau, Nobles Français ! vous rougiriez trop que ce fût le RIDICULE DESPOTISME DE L'ÉCRITOIRE.

www.ingramcontent.com/pod-product-compliance
Lightning Source LLC
Chambersburg PA
CBHW060811250626
47162CB00005B/1746